JN062349

うつせみ

鈴木創士

作品社

うつせみ

目次

第一章　日誌

二〇一五年五月某日

おじいさんがまたどこかへ雲隠れしてしまったようでした。

うちのおじいさんが曰うには、昔々、おじいさんは実は山に柴刈りに行ったことなどなく、たまたま川に洗濯にでも出かけて、水にはまってしまったのだろうと皆の者は考えておりましたが、春昼の日差しにすっかり包まれていたように、なま暖かく山のほうは妙に静まり返っていて、そこには誰もいなかったのか、誰かが惨殺されてすでに埋められていたのか、そこのところはなんとも言い難いのですが、おじいさんはきりりと結んだ鉢巻をゆるめては、今日は雲が流れ、春の日脚が思いのほか強かったのに、ときにはうとうと居眠りをして、昼のひなかからぐでんぐでんに酔っ払いでもしたのか、仕事の手をずっと休めたまま、悪ガキの投げつけた飛礫が禿げ頭にあたって、ヒョットコのように明後日のほうへ顔を向けたり、それとも山肌から死臭でもしたのでしょうか、何が起こったのかと訝りながらも、汗ばんだ額をぬぐういとまも惜しんで、宝珠の玉が砕け散ってそれをまぶしたようにあたりに燦々（さんさん）と降りそそぐ夕陽を、かんばせの真ん中あたりにそれでもさも心地よさげに受けとめていましたが、そこに咲く桃の雄蕊（おしべ）の花粉をついばんでは飛び去るホオジロの、ちっちっという小さな啼（な）き声が、他の誰でもなく自分を呼びつけでもするかのように、誰でもない人のようでいて、人であるはずがない幽玄にして微（かす）かな声が、いずこからとも知れず聞こえてくるのだけれど、それはそれで落日に染まった森の隠れ家で、いつかの悪夢の遠い顚末のごとく、自分にしきりに呼びかけていたあの玲瓏（れいろう）なる声であるなどとはつゆ知らず、耳は空っぽ、夢うつつのまま、罰当たりが嵩（こう）じて、ほんとうに心中で小鳥の声を聞いたか、はたまた聞かなかったかもう顧みることもなく、仕事もしないのに、今日の日を浴びてすっかり日焼けしてしまったように、間延びした赤銅色の顔を、何がおかしいのかくしゃくしゃにして、何事もなかったかのように白けた砂の零（こぼ）れる川岸へゆっくり降りてゆき、ハムレットの言葉に傷ついたオフィーリアさながら、躊躇（ためら）いもせず、そして風呂湯にでも浸（つ）かるように流れる川に入ってしまったのでした。

　しかしながら、というかそれだからこそ、おばあさんは随分前に洗濯に行って川に落ちて鬼籍に入ったと皆が噂していたのですが、実のところ、いつものようにこっそり山に柴刈りに出かけ、やわい土をいつもはもっと精魂込めてしっかり耕すために持ってきていた鍬（くわ）を畑に忘れてしまったので、少女のように頰を桃色に染め、ひとりっきりでこれ思案し、もしかしたら山の麓（ふもと）で彼誰時（かわたれどき）から先ほどまで、きっと鍬や鎌を振り回していなければならなかった自分の姿を思い浮かべ、そのような我が身を惜しみも憐れみもせずに、どうもありゃしまへん、昨日のお膳の支度のように何もかもがすっかり忘却の彼方へと遠のいていましたし、枯れ尾花を見てはいつもの三度笠、どこかで泡を食うか餅を食うかしているだけの、おじいさんのことなどどこ吹く風かと思えば、事ここに及んでも、自分は自分で、残りが乏しい鬢（びん）つけ油を購（あがな）っておかねばならぬなどと、余計なことをあれこれつらつら思いながら、風を切って川上に小舟が勇んで遡（さかのぼ）るがごとく、ここでは微風に丸髷（まるまげ）のほつれをなびかせ、唯々（ただただ）川下に向かって滔々（とうとう）と流されていくばかりでしたが、水しぶきが顔をほの濡らし、月は東に日は西に、あれよあれよという間に流されながらも、皺（しわ）くちゃの顔を、四股（しこ）を踏む力士さながら、水の中で力んでしきりに起こしてみては、川面（かわも）から眺めるともなく、薄墨を垂らした橙色（だいだいいろ）の空のほうを見やってみると、風が吹けば濡（ぬ）れそぼるあの柳の小枝の先っぽが、水辺の暗がりのほうへもう一度次第に靡（なび）いて、影絵のごとく薄闇のなかへ向かって散るように、幸せだった生涯に自分の目にしたものがことごとく、次から次へと消えてゆき、雲間から、秋でもないのに、釣瓶（つるべ）落としの日がすぐに暮れかかるのがはっきり見えたのでした。

それっきりおじいさんとおばあさんが帰ってくることはありませんでした。

五月翌日

昨日の日誌のように、そんな風に言うことができれば心底よかったが、実際には、今日もおじいさんはぴんぴんしていて、真昼間だというのに、居間の隅っこで、引退して抜け殻になってしまった往時の傀儡師でもあったかのように、居眠りの振りをしながら（いつものことなので、見ればすぐにわかるのだ）、といっても人形遣いがいるだけで傀儡自体はどこにも見当たらないと思わせて、むしろ自分自身が人形になったみたいであっただけのことだし、さもいま目を覚ましたかのように、寝言でも言っている風に、この壊れた人形は無聊をかこっていたのだが、いったい誰に向かって何のために傀儡師は居眠りの振りをしたりするのか、それに目を覚ました途端、人形が人間になったみたいに誰彼かまわず悪態をつき始めるのか、まったく僕には理解できない。

　おばあさんなんて元々いないし、おじいさんはそれ以後黙して語らずだったが、どうやら川へ行っていたのは本当のようで、命の洗濯に行ったのか、そもそも行く川の水は絶えずして、もとの水にあらずであるのなら、つまるところおじいさんが流れる川の水にみさかいもなく汚い手をひたしに行くのは、それはそれで尋常のことなのだし、この落日がどんなに美しかろうと、それを背にどんぶらこと大きな桃が流れてきたのかどうかは知ったことではないのだから、幾度となく、星が一個川に落ちてきては、水が苦くなり、人が大勢死んだことがあり、それは黙示録のヨハネが岩窟の獄に入れられていた時代以来もちろん誠のことだが、桃は胸算にたがわず種までどろどろに腐って割ることもできず、もしかしたら桃の存在自体が、あの漁師の玉手箱から立ち昇る煙のごとく、見れば見るほど、目が耳のなかに残っていたものを一掃するかのように、無音に包まれたまま一瞬であちらへ消散したのかもしれないし、かくして存在は非在の去勢なのだから、さすがに聖書のどこを探しても桃の由緒（ゆいしょ）など記されてはいなかった、とおじさんは言っていた。

五月その翌日

僕の家にはおじいさんとおじさんがいて、僕がお世話になっているところや知り合いのお店なんかにとつぜん出没しては、わざと迷惑をかけたりして僕に恥をかかせるのだが、どこかに忠実な間諜（かんちょう）がいて、そいつが連絡でもしているみたいに絶妙のタイミングで現れるので、よけいに腹が立って仕方がない。あっちは二人だから、いつもこちらは多勢に無勢みたいな気がするし、彼らはむやみに嵩高（かさ）いのだ。いつか手押しリヤカーに二人を乗せて夜のメリケン波止場から暗い海に突き落としてやろうと思っている。

おじいさんとおじさん。そうは言っても血のつながりはないかもしれない。かもしれないというのは、何の因果か、物心ついた頃から未来永劫の契約みたいに至極当然のこととしておじいさんもおじさんもときどき僕のそばにいたからなのだが、幼友だちであった従兄（いとこ）ですら二人のことをよく知らないのである。

僕はある乏しさを生きてきたのかもしれないが、二人がいなかったとしてもそれは同じであっただろう。これはおじさんが日々の会話のなかでもいつも自分のことのように引用する呻吟（しんぎん）する詩人が、つねに言葉の乏しさのなかにいるようなもので、詩人がこの乏しさのなかで詩を書くことによって、本当に自分が生きているのか死んでいるのか、生をまるごと生きたのか迫りくる死を生きたのかわからないように、僕には、日々の暮らしを送ることによって、ある種の贅沢（ぜいたく）でもあるこの乏しさが、なまなましい生活の欠乏だったのか、はたまた遠く生活を超えて貧しさの裏返しである死を準備するための欠如だったのかわからない。昨日も、冷蔵庫に入れ忘れていたきゅうりとキャベツが腐っていた。

　いずれにしてもこの欠如のなかにおじいさんとおじさんは居たのだし、彼らの存在はその意味で僕の存在を補完し、かつ否定するものだ。これは長い間のわが家のタブーのようなもので、誰もそのことを問いただしたりはしない。どんなに激昂してケツをまくったときですら、このことに触れないのがわが家の暗黙の掟であるし、出て行け、などとは言えないのだ。仕方がないので、形だけ一緒に暮らしているのだが、とてもはた迷惑な話だ。

　でもこんなことは些事にまぎれるならば些事にすぎない、とおじいさんはいつも言う。確かなことは、僕がいつまでたっても三人のなかで一番年下だということだし、何を隠そう、この劣等感をぬぐうことができず、自分でも情けなくなることがある。子供の頃から、僕はできるだけ早く歳をとりたかった。さすがにいきなり皺だらけのじじいになるのは嫌だったけれど、いつまでたっても子供モドキでいることに耐えられなかった。それに、まあ、自分相手に喋（しゃべ）っていても、老け役の名役者と喋っている気分になるはずもないから、こんな形で日誌を書くことにしたというのも本当だ。僕は作家ではないから、思いつくままに書くだけだ。

六月初日

おじいさんとおじさんと僕。僕たち三人の関係は微妙で愛憎相半ばというところだろうか。何かにつけて自分のことのように腹が立つ。

ずいぶん前の話だが、雨の降りそうな日に、彼女と一緒に遠足のつもりで行ったことのある京都の太秦（うずまさ）に木嶋坐天照御魂神社（このしまにますあまてるみたま）、またの名を蚕ノ社（かいこのやしろ）という神社があって、そこに三柱鳥居（みはしら）というのがある。東京や岐阜や奈良や長崎にも似たようなものがあるらしいが、鳥居が三つ正三角形に組み合わさっていて、柱を隣の鳥居と共有しているため、全部で三本ということになる。上空から下を見ると正三角形になっている。三つのうちのどの鳥居をくぐっても、見かけの上ではどこへも行けない。入ってもすぐに別の鳥居の入り口から出て行くしかないからだ。真ん中にはいったい何があるのか。どこかから入って、猫の額ほどの、あるか無きかの真ん中を過ぎたとしても、どこへ出て行けばいいのだろう。鳥居を出て夜道をことこと帰って行くことはできるのだろうか。実際、その日、僕と彼女はどこにも行けなかったし、別れ際に喧嘩（けんか）するはめになった。内部は、そして外部は、このトポロジーにおいてどうなっているのだろう。行きはよいよい帰りはこわい。こわいながらも通りゃんせ。

僕たち三人の関係はこの三柱鳥居に少し似ているかもしれないと思ったりもする。

でもそんな関係も、鳥居の佇まいが縹渺としたそのような神秘的で不合理な感慨を僕たちに与える一方で、何らかの生活の危機がほんとうに起こるまでは（危機はもうここで起こっている）、その感慨が拠って立つ非日常的な考えに無駄にさらなる根拠を与えようとして紛糾してしまうのではないだろうか。非日常的な考えとは、ここでは鳥居が三つあるのに柱が六本ないということだ。これはほとんど僕たちの宿命と言っていい。実際、僕とおじいさんとおじさんの関係はこの紛糾から出発している。もちろんこの関係そのものにはじめから潜んでいたはずの言うところの紛糾は、平時の物事の元凶である世間の羨慕などから来るものとは何の関係もない。僕はおじいさんやおじさんが家にいるときは普通にご飯を作っているし、生活自体のあれこれを免除されているわけでもない。たとえこの関係がどこまでも自由であって、どんな義務を免れているとしても……。

望むべくは、火山が爆発し、大量の灰に埋もれてしまう前に、エトナ山の麓で名もないシチリアの壺に描かれた壺絵のような暮らしを送り、後になって灰のなかに埋もれていた壺が発見され……

中学の教科書に載っていた誰が描いたとも知れないあのギリシア風の壺絵が僕は好きだった

……

……いや、このような暮らしを送ることができたなら、それはそれで他愛ない希望、つまり罪もない自家撞着に値したのだろうが、それはずっと後世になってから発見された壺の話なのだから、ほとんど意味がない。おじさんならそう言うだろう。

だから、おじさんがいつも口癖のように言っている言葉を真似(まね)れば、僕たちはあたかも紛れもない現実のなかに片足を突っ込んで抜けなくなったことを知らないままで夢を見ている羽目になる。ところがこの夢によって自分を一体化させようとするのがどこの誰であっても、この覚醒した夢のなかには、そこに登場するはずであった人物に仮託して、眠りの水のなかに浮かぶ小さな無人島さながら、その夢が取り囲む、頭だけ覗かせた現実の核心そのものを語ろうとする人が必ずひとりいることになる、とおじさんは言うだろう。でも、おじさんの言い方には反対だ。僕だって他に言いようがないので夢という言葉を苦し紛れに使っているだけなのだから……。夢を見たはずの僕は記憶のなかにいる自分を信じることができない。

ところで、果たして、その現実の核心を語ろうとしている彼こそは、満を持して、つまりある意味、おじさんのように悪意をもって、その夢なるものを見ている当人なのだろうか。しかし自分のことに照らしてみれば、自分でそう考えるほどには、彼もまた何もわかっていないばかりか、結局この夢のあとさきを不承不承（ふしょうぶしょう）生きただけで、どうすることもできなかったのではないだろうか。僕自身はどうしたらいいのか今もわからない。

前に見たことのある風景はこうして彼のものとなるが、だからといってこの景色は、よく考えてみると、実際どこにもないじゃないか。彼は、おじさんが言うように、夢がここまで引きずり、夢の頭越しに蜘蛛（くも）の糸のように繰り出してきた現実の細部、その先端、針の頭のような、水滴のようなその極小部を同時に生き、そしてそこからすかさず姿を消すことによって、しかも自分が蜘蛛ではなく蝶であったのか、はたまた蜘蛛が蝶になった夢を見ているだけなのか何も意識しないまま、蜘蛛の巣にひっかかった昆虫のようにひとつの瀕死の役柄を演じていたにすぎないのだと僕は思う。

六月某日

最近おじさんは朝まで飲んで帰らなかったりするので、たいていは行方不明だし、口をきくことがあまりない。普段は、まるで狂犬病の野良犬を相手にしているようだ。昨日、森へ行った。冬枯れの森を見たこともない鳥がいきなり飛び去っていく様もいいのだけれど、初夏のみずみずしい緑の葉っぱが朝露に濡れたりしているのを見ると、今日という日が、口の先から出かかった言葉、でも結局口にされることのない、息も絶え絶えの明日の言葉になるかもしれないという危惧などすっかり忘れさせてくれる。

昨日は残念ながらおじさんは森にいなかった。いつもは明後日の方角を見やって、僕が見ザル聞カザルを決め込んでいるのだが、それでもやはり、何を隠そう、口だけは災いの元だという気がする。それなら言ワザルことだけがいわゆる話法の味噌になるのだろうか。口が災いであるのは、それが張りめぐらされた呪いのネットワークのおおもとをつくり出してきたからだし、言葉が存在した太古よりそのことに変わりはない、とおじさんは言っていた。気をつけねばならない。

六月三日後

先日は、水仙の花がほしいとおじさんがぶつぶつ言っていた。次の日の朝には、玄関の花瓶に水仙が挿してあった。壺に挿した花の姿かたちは、おじさんがいつも言うように婉然(えんぜん)として宛然(えんぜん)という形容がぴったりだったけれど、人の庭から盗んだりするのは、それだけは、それだけはやめてほしい。これだけはおじさんに強く言っておこうと思う。俺はじいさんみたいには絶対ならないぞ、とおじさんは口癖のように言うが、二人とも似たようなものだと僕は思う。

六月終わり

おじいさんに言われていたので、縁側の軒にひょうたんを干すために一個ぶら下げておいた。おっと、なかは空っぽ。うつけているのはおじいさんだけれど、空(から)のひょうたんを叩くといい音がする。ウツを叩く。空（くう）を叩くのだ。振ってみたら、中の種がかしゃかしゃ鳴る。クウを振ってみる。空はなかった。中学校の教科書に出ていた古代ギリシアの哲人パルメニデスが言うように、在るものはあるし、無いものはないのだ。

七月初日

昨日は坂道を足の向くまま降りて行って知らない横丁に入り、いままで歩いたことのなかった小道をぶらぶらしていると、マグワの緑の葉っぱが窓の下の柵から垂れ下がる可憐な窓辺が見えてきた。壁の右側にもうひとつ窓があったが、こちらのほうは紫の花をつけたハゴロモジャスミンが窓を覆い、中が見えなくなっている。何とも素敵な家だなあとつくづく僕は思った。

外は明るく、日差しが強くて僕の目が眩（くら）んだのか、窓のなかは真っ暗にしか見えない。強烈すぎるコントラストは絵に描かれたような遠近法を歪（ゆが）めてしまうだけでなく、光を意識してしまうという点で、どこかしら茫然自失の前触れ、空中に出現したびっくりマークのように感じることがある。でも、おじいさんならきっとそうするだろうが、この茫然自失をほくそ笑んで見届け、窓辺から外へ向かって呼びかける風（ふう）の者がはたしているのだろうか。それは深窓の老婆だろうか。若い令嬢だろうか。もしかしたら隣の和尚（おしょう）のような奴だろうか。こちらからは見えなくとも、暗い中から外の明るい世界が見えるのか。丸見えなのか。だけど窓の中はいつだって無人に決まっているじゃないか。

七月某日

おじさんの趣味は文章を書くことだ。本当に趣味と言えるのかどうか、しかとは知らないし、他に何か特別なものがある様子はない。彼は余裕を見せているようなところがあるが、それでもずっと断崖絶壁に立っていたのが僕にも手にとるようにわかるというものだ。生来、彼はぎりぎりが好きなのだと言わざるを得ない。それを思うと、お尻がむずむずしてくる。

週に四日、僕は新聞社の広告の校正課に通って、朱筆を握っている。まあ、バイトのようなものだ。広告は商品を売るためにあり、そのためにやっているのだから、広告の校正なんてほんとうは反吐（へど）が出る。誤植が残ると広告料はパーになる。

僕が疲れて仕事から帰ってくると、僕に見せるために書いているのか、おじさんの手記がいつもテーブルの上にわざとらしく置いてある。もともと性格が歪んでいるのだろう。

僕たちの生活上のやりとり、それにすれ違いはいつもこんな風に為（な）されるが、おじさんが書くことに僕がまったく興味がないと言えば嘘になるだろう。なぜなのか彼はただ書き続けているようであるが、不思議といえば不思議である。前にも見たことのある何の変哲もない生活のひとコマでしかないが、あからさまな言い方をすれば、生活の矛盾自体によって生活を否定するために書いている（と、おじさんは言い訳めいたことを言う）作品らしきものもあるらしい。そんなことは無駄だし、かっこ悪いし、やめちゃえば、と言ってしまう勇気が僕にはなかなか持てない。
おじさんの走り書きというか手記より引用してみよう。これは最初の頁(ページ)だ。

　もう人はまばらだった。あたりにはぺんぺん草しか生えていなかった。俺は二、三人のアラム人たちと一緒にひとつの十字架を見上げていた。十字架は三つあった。隣の十字架には泥棒が二人血を流し絶命していた。空が恐ろしい色をしている。何色かを言うことができない空。強い風が吹きすさんでいた。すぐにでも嵐になるだろう。見ると、悪魔が腕組みして向こうの大きな岩にもたれていた。悪魔は黄色い歯を見せて薄ら笑いを浮かべている。きつい硫黄(いおう)の臭いが漂っている。イエスの死体はもう十字架から降ろされるところであった。

　数日前のことであった。日が照っていた。弟子たちはオリーヴの木蔭で昼寝の最中であった。師イエスはひとり泉のほとりに立ち、腕を組み直し、時おり舞い降りる小鳥に向かって何か喋っている。師はガリラヤからやって来た年季の入った浮浪者のように見えた。そよ風が吹くと、その長い髪から没薬(ミルラ)の香りがした。
　そばにはひとり水を飲みに来た女がいるだけであった。癩病(らいびょう)に罹(かか)ったのであろうか、透き通るように白い顔の女であった。

女は言った、

「あなたさまはあたしの主ではないし、あたしにとっては預言者でしかありません、でもあなたさまは預言者なのですから、あたしが何をやったのか何もかもとっくにお見通しでしょうね」

イエスは言った、

「女よ、余の死体を発見せる者はこの世をすでに知ったのである。この死体は世々にわたり名づけられることは決してないであろう。生ける我、ここに肉の衣を纏(まと)えり。そは言葉なり。この衣はすでにして屍衣である」

オリーヴの林は次第に風にざわつき始めていたが、疲れ果てて眠りこけていた弟子たちのうちの誰ひとり目を覚ます者はなかった。師の言葉を聞いた者はひとりもいなかったのである。

七月翌日

昨日の手記を読むと、おじさんは自分が十二使徒のひとりであるか、福音記者にでもなったつもりでいるのだろうが、使徒たちこそが冒瀆の一番近くにいたのだ、とおじさんはいつも言う。彼らは殉教によってそれを贖(あがな)うことになったのだろうか。

僕は子供の頃、教会の日曜学校に通っていたが、この当たり前の考えには少し異論がある。

使徒の集団をめぐるその冒瀆的な考えがどのように巡りめぐって自分に返ってくるのか以前はよくわからなかった。おじさんによると、ニーチェという人は自分は歴史上のすべての人物であると言ったそうだが、この言葉が頭のなかにひっかかったまま意味をずっと解しかねていた。最近、おぼろげに何かが見えてきた気がする。

つまり僕がかつて使徒のひとりであったとしても、ちっとも驚くにはあたらないということだ。それはすでにどこかで目の当たりにしたことのある、取り返しのつかない何かの感じに似ていると言えないこともない。記憶によっても、理性によっても、魂によっても、思い出せないだけなのだ。そしてたとえ思い出せたとしても、今の僕にはその事実をどうすることもできない。その事柄自体に意味はない。でもこの錯覚を僕は愛したいと思う。過去と未来がいきなり逆転し、無駄に生きた感じがほんの少し薄れるように思えるからだ。

八月初日

おじさんの手記にターコイズ・ブルーのインクで変な詩のような走り書きがあった。「昔の恋人に瓜二つのアンに捧げる詩」と題されている。読むとまったく意味不明の詩だったので、ここには筆写しない。人のメモというか手記を盗み見るのはほんとうは気持ちのいいことではないが、僕は思わず見てしまう。

その下に小さな字で、「緑のおっさん、星座の下をどこへ行く。宇宙人が新聞読んで、何を知る。旗をふりふり横断歩道。横断歩道を棺(ひつぎ)が通る。棺のなかは空っぽだ。棺桶底抜け、ラム酒なんかどこにもありゃしない」と殴り書きがあった。
　その次にあったのは、再び詩のようなものだった。こちらのほうはまだ何となく僕にも理解できる。

「左岸の恋」
首をくくる直前に
窓もなく扉もなく
盲壁(めくらかべ)に激突する黒いペガサス
馬は汚れた左の岸辺で暴れまくった
荒れすさぶ波に持ち上げられ
石積みの阿呆舟のように
難破するかと思えば
磔(はりつけ)のまま
夜のカフェで
呪いの言葉を放っている

八月某日

昨日も、おじさんが独り言を呟くように、正月から何カ月も経っているのに今年の初夢の話をしていたが、人が夢の話をするときは気をつけたほうがいいと思う。夢の伝聞は人を汚染するからだし、夢なんておじいさんが食べ散らかしたケーキの残り滓のようなものだ。全部が後の祭りだ。そうでなくても、夢の話を聞きながら、こちらが退屈してしまったりすれば、相手をやんわり傷つけることになりかねないし、それでいて僕たちはそのどうでもいい夢の結末につゆ知らず巻き込まれたりもする。人形遣いが人形になり、ミイラ取りがミイラになり、おじいさんがおじさんになる。この夢を生きろなどと無責任に言う輩がいるが、僕はまっぴらごめんだ。やった覚えのないことはやっていない。

　鼻くそをほじって、僕はおじさんの話を聞いていない振りをした。

「道端で麻薬の不法所持で捕まった夢だったんだ。するとそのとき近くで別の逮捕者があったようで、二人の刑事だか麻トリだかが急に目の前からいなくなった。押収物が手押しリヤカーに山積みにされていた。でかいゴボウのような見たこともない押収物が見えた。何かの根っこらしかった。ラッキー！　俺はそれを思わずつかむと、小さく四つに折ってポケットに入れていたよ」

八月末日

最近はずっと雨もよいだったので、玄関の外に出していた素焼きの壺にとてもみずみずしい苔（こけ）が生えていた。緑がかった青。青のなかに小さな金色が光る。壺は灰色がかった茶色だ。苔をおろそかにしてはいけない。この世に、少なくとも僕が住んでいるこの世には、見馴れたものなどあるのだろうか。今日、空はきれいに晴れ渡ったので、竹すだれを上げて、縁側の拭き掃除をした。言うまでもないことだが、拭き掃除をするのはこの家で僕だけだ。

もっと苔が育ってくれればいいなあ。でも苔がむすまで、おじいさんとおじさんがきっと僕をコケにし続けるはずだなどと考えることは、誰が誰と結んだでもない醜い協定でしかない。そこには万事につけて何の共感もないのだから。僕はいつもふらついている。今日も朝からふらふらしている。どこか悪いのだろうか。忿怒（ふんぬ）の形相で苔の成長を見守る人はいない。彼はただ時間を見ている。空っぽの時間が過ぎ去るのを。苔は雨に打たれてみずみずしく成長し、彼は死ぬ。僕も死ぬ。それは個体の時間ではない。事は何も起きていない。

九月初日

最近、おじさんの手記には俳句が出てくることがある。おじさんはシロウトながら俳句にはまってしまったのではないだろうか。僕としてはいい傾向だと思っているし、おじさんが少ししっとりしてくれれば、それに越したことはない。だけど、この期（ご）に及んでも、やっぱりしっとりなんておじさんにはないらしい。おじさんの手記より。

北海道芦別の俳人西川徹郎氏の「反定型の定型」俳句にこういうのがある。いくつか挙げてみよう。

いっしんに産婆とのぼる鬼神峠
父の陰茎を抜かんと喘（あえ）ぐ真昼のくらがり
産道で出会った悪魔美しき

しかしこんな感じであれば、それはそれでもっと陰惨でもっと奥深い別の話が俺にもできただろうし、血が否応なしに強制する誕生の怖れを感じてその後の我が身の行く末を考えるなら慄然（りつぜん）としてしまうが、最後の句に出てくる悪魔というか鬼というか、壮絶であるこの美しきものは、そこかしこに潜んでいたかもしれないとはいえ、俺にはもちろんそんな血の秘密も出生にまつわる凶事もあるはずがない。俺は宿命によって世界のなかに生み出されたのでも、そのためにここにいたのでもない。

おじさんが宿命という言葉を使っていたので、少し驚いた。おじさんにもそういうことを気にするところがあるんだ。宿命に鼻面(はなづら)を引きずりまわされている奴が、実は宿命の化身そのものだったとしたらどうなるのだろう。こんな言葉を使ってしまうと、宿命のほうがその人を捕まえに来るような気がするけどね。いつまでも鬼ごっこだ。

九月某日

おじいさんの日記も引用しよう。
日記はいつもこれ見よがしに黒電話の横に置いてあるのだが、この点でもおじいさんとおじさんはとてもよく似ているとしか言いようがない。これは人格の問題であるだけでなく、彼らの生きている時間のプリズムの角度、そのズレの問題でもあると思う。プリズムを持っていて、分散したり、屈折したりする光を見ることができるのはたぶん僕だけだろうが、これが時間のプリズムであっても、僕の時間では決してない。めんどくさいので、そう考えることにしている。僕は早く歳をとりたかったのだから、時間を取り戻したいと思ったことなど一度もない。

ノートの表紙には「脱腸亭日乗」とタイトルがついている。永井荷風という人の日記「断腸亭日乗」からのパクリだ、とおじさんが言っていた。「脱腸亭日乗」は、何のつもりか、おじいさんが以前からしつこく書き続けているもののようであるが、ずっとそこにあったのに誰にも気づかれなかったかのように白日のもとに隠されていて、つまり昔僕が読んだ好きな小説、エドガー・アラン・ポーの「盗まれた手紙」のようなものかもしれない。内容の細かいところは忘れてしまったけれど……。

おじいさんの「脱腸亭日乗」はずいぶん前から昔の静物画に描かれたオブジェのようにそこにあるだけだ。一見すると、それはただの物体にしか見えない。存在なんてそもそも時間を遡れば原始の乏しい刻印でしかないし、それでいてそれがかつてあったことを僕たちは知らないし、存在は擦り切れているし、通りすがりに感じる存在感なんてまやかしにすぎないと思う。だからそいつはまずもって物体(ブツ)でなければならない。

僕がオーギュスト・デュパンのようにそれに気づいて、「脱腸亭日乗」を盗み見たのはつい最近になってからのことだが、それは日記が僕にとってずっとただの物体にすぎなかったからだ。おじさんが言うには、いずれにしろこんなタイトルは永井荷風への冒瀆だそうだ。物体であることをやめるのは、僕が中味を盗み見てからである。

日記は文化的なものをすでに免れている、ざまあみやがれ、といつもおじさんは言う。

「詩が上手(うま)くなったね」と誰かに言われて、中原中也という詩人は激怒して暴れたらしいが、おじいさんに「相変わらず文章が上達しないね」などと言ってはいけない、とおじさんにきつく言われた。盗み読みする僕が読めないといけないと思っているのか、いくつかの漢字にはご丁寧にルビまで振ってある。

おじいさんの昨日の「脱腸亭日乗」より。

わが夏が過ぎゆく。気がつくと夏がそこに居座っておったのであるが、知らぬ間にこそ泥のごとくすかさず去って行ったのであった。暑気膏肓に入りしも、水虎にもならず、小便に非ずどぶ川の汚水に非ず、股のあたりがびしょ濡れになって天日干しする革パンもなく、西瓜割りもせず、海水浴の女性用ビキニを物干しに干すこともなく、山の谷底で清冽な清水も飲まず、今年はかき氷も食べず、闇の薬局にも行かず、ただ蟬の声を聞いておる。するとわしは夏の余韻が遠ざかりつついつも神社の境内に遥かにワープするのである。たぶん祇園の建仁寺という殺風景な禅寺であろう。大昔わしは京都の学生であった。今ここに来ても、まだ遠くに幼稚園児たちの歓声が聞こえるようである。境内の片隅にある、海の家のように葦簀に囲まれたうどん屋で夏の雑煮を食べた。京都に海はない。何しろ夏の雑煮である。京風ではなく、おすましの雑煮であった。

陽は燦々と降り注ぎ、あったまった頭蓋が溶けてゆく。心臓がどくどくいって危険な飽和状態に達しているのが手に取るようにわかるというものである。わしに血管があったのだと覚知する。暗い静脈のなかで気のふれた猿が咆哮することもないであろう。

このうどん屋ではなく山裾の茅屋のなかにいたりすると、たまに発狂しそうになる十五分間から人生の何の変哲もないひと時が走馬灯のように駆け巡り始め、火花のように飛び散ることになるからどうもいけない。わしはわしの一生を、少しばかりの他人の悔恨とともに、どこかの誰べいの人生のように眺めてみる。頭蓋骨の調子が悪くなる。あげくの果てに走馬灯が壊れてしまっていることに気づく。回転が逆なのである。老人が路地でつまずいたり、橋の欄干から汚い河岸を見たり、茶店でまずい御薄を飲んだり……。それが最初に出てくる。何も起こりはしなかったのである。何が起ころうとも、何事もなかったかのように、掌(てのひら)のなかに何もないことをわしは熟知しておる。

　こうして今年も夏が終わったのである。わしは蟬の抜け殻をそっと簞笥(たんす)にしまう。空蟬(うつせみ)が部屋のなかで啼いておった。

　近くの森のなか、左様、わしのささやかな別宅の庭であるが、そこに籐椅子を二つ並べて座る。ひとつは空席のまま（もう秋だ！　別れを惜しんで、空席はそのままにしておくのが慣わしである）、皺くちゃになった生成り(きなり)の麻のスーツの上着とパナマ帽をかけておく。森は鬱蒼(うっそう)としているのであるから、麓の家よりも涼しげな風が吹くのがこれまた良いと言わねばならぬ。枝にかけておいた竹の鳥籠のなかでメジロがせわしなく動いておる。メジロの焦燥はいかばかりであろう。蝶ネクタイを結んだバーテンに二十分かけて行きつけの麓のバーから冷えたダイキリを持ってきてもらう。犬が走り回っておるが、わしが気にとめることはない。死んだ女房に手紙を書いてはみたけれど、結局は破り捨てざるを得ないことは重々承知している。蟬の声が耳のなかのもっと奥へと入り込む。

　ほんとうに嫌になってしまう。嘘ばっかり言っている。おじいさんはいつも安物の焼酎かバクダンしか飲まないし、カクテルなんて飲むはずがない。麓にバーはなく、うどん屋すらない。さも森のなかに別荘があるかのように言っているが、ほったて小屋ひとつ、椅子はおろか、ゴザひとつない。たぶん森のなかに立ち小便をしに行ったのだろう。せいぜいそんなところだ。

九月翌日

永井荷風という人に失礼に当たるといけないので、おじいさんの「脱腸亭日乗」との違いを強調するために、おじさんに貸してもらった永井荷風の「断腸亭日乗」の一節を引用しておこう。

　適当に頁をめくって、例えば、

「十月二日〔大正十四年〕。午前驟雨来る。天候猶穏ならざりしが日暮に至り断雲の一抹の晩霞微紅を呈するを見る。今宵は中秋なれど到底月は見るべからずと、平日より早く寝に就きぬ。ふと窓紗の明きに枕より首を擡げて外を見るに、一天拭ふが如く、良夜の月は中空に浮びたり。起き出でて庭を歩む。……」

こんな漢文調の名文はおじいさんにはとても書けないことは言うまでもない、とおじさんは言う。おじいさんの歳では、文章の上達を望んでもままならないそうだ。これに匹敵する日記は、おじさんの説では、坂口安吾の奥さんの三千代さんという人が書いた『クラクラ日記』くらいらしい。これを読むと、安吾という愛すべき作家がいかにひどい奴だったかがわかるそうだ。永井荷風は自分で日記を書いて発表しているのだから、ケレン味というか、嫌味なところがあるが、こちらの日記は安吾自身が書いたのではないから正直だよ、とおじさんは言っていた。

十月某日

再びおじいさんのどうでもいい「脱腸亭日乗」より。

先の戦時中にも庶民の日々の暮らしというものがあったのであるから、新たな戦時中の今日、前から気になっていた手紙入れの整理をしても誰にもきっととがめられはしないであろう。それで爆発寸前の手紙入れを四つ整理したのである。おっと、縁側から見ると、庭の萩の葉が枯れている。わしは何かをもう一度見定めるように、ゆくりなくも目をしばたたく。目の端に見えるものがあったのである。庭はもうないのに、庭があるのである。災害で大事な手紙も写真もとうとう大量に喪失してしまったのであるから、所在ない毎日であるし、そんな気になったのかもしれない。水の流れと人の身は……。喪失は一種清々しいものであるが、それでもまたぞろ呆け老人の如く何かをあちこち探し回ってしまうという益体もない悪癖が頭をもたげてこないでもない。思いついたことを後延ばしにしていると、心のなかに澱が溜まっているようでなんとも気持ちが悪い。

しかしながら、それほど古い手紙はもうないはずであるのに、わしとしたことが、どうしていま整理なのであろうか。一瞬、死ぬ準備という言葉が温泉地獄谷で硫黄の泥泡がぼこりと浮かぶように頭のなかに湧出したのであるが、この泡はいつまでも無限に湧いてくる。わしは直ちに自分でその言葉を打ち消しておった。まあ、打ち消したことを意識しただけで、そんな意識など取るに足りないものであろうが、先行きだけは誰にもわからぬことではある。暑すぎるし、爽やかにすっきりしたいし、懸案の不良債権であった仕事が一段落したからだろうと考えることにしたのである。否、これは真っ赤な嘘である。もう仕事など死ぬまですることはないであろう。思い詰めるようなことはそもそも何ひとつないのである。わしは浮浪老人である。この歳になっても、いまだにわしに生活がないことはしかと承知しておるが、ご存知のとおり、生活は生活であるほかはないのである。送るも生活、送らぬも生活である。

手紙は、ちゃんと中味も読み返さずに、枝豆でも食っているように、一瞬で、ぞんざいに捨てたり残したりした。絵葉書は絵によって何かを白状しているのかと思えばさにあら

郵便はがき

料金受取人払郵便

麹町支店承認

9781

差出有効期間
2022年10月
14日まで

切手を貼らずに
お出しください

1 0 2 - 8 7 9 0

1 0 2

［受取人］
東京都千代田区
飯田橋2－7－4

株式会社 作品社
営業部読者係　行

【書籍ご購入お申し込み欄】

お問い合わせ　作品社営業部
TEL 03(3262)9753／FAX 03(3262)9757

小社へ直接ご注文の場合は、このはがきでお申し込み下さい。宅急便でご自宅までお届けいたします。送料は冊数に関係なく500円（ただしご購入の金額が2500円以上の場合は無料）、手数料は一律300円です。お申し込みから一週間前後で宅配いたします。書籍代金（税込）、送料、手数料は、お届け時にお支払い下さい。

書名	定価　円	冊
書名	定価　円	冊
書名	定価　円	冊

お名前	TEL　（　　）
ご住所	〒

フリガナ
お名前

男・女　　　歳

ご住所
〒

Eメール
アドレス

ご職業

ご購入図書名

●本書をお求めになった書店名

●ご購読の新聞・雑誌名

●本書を何でお知りになりましたか。

イ　店頭で

ロ　友人・知人の推薦

ハ　広告をみて（　　　）

ニ　書評・紹介記事をみて（　　　）

ホ　その他（　　　）

●本書についてのご感想をお聞かせください。

ご購入ありがとうございました。このカードによる皆様のご意見は、今後の出版の貴重な資料として生かしていきたいと存じます。また、ご記入いただいたご住所、Eメールアドレスに、小社の出版物のご案内をさしあげることがあります。上記以外の目的で、お客様の個人情報を使用することはありません。

ず、捨ててしまえばそれでよかったのであるが、たくさん残ってしまったのがいけなかった。残したのは絵が気に入っているやつだけであるが、たいてい絵葉書に書かれている言葉は記憶の残滓（ざんし）をかすめる気遣いもなく、頭から消え、心から消してしまうが、絵のほうはしっかりわしを覚えているのである。絵を見たときから、絵がわしを覚えているからである。絵に正体を知られると厄介である。とはいいながら、まあ、覚えられていても、絵のなかで前後不覚のわしにはあずかり知らぬことではあるが。

　ところが、よくよく考えると、こんなものは全部もうどうでもよいのではないかと思ったりもしたのであるが、我ながら何故（なにゆえ）なのか胸先が苦しくなったりもするのである。この胸苦しさは私のなかに夙（つと）に巣食ってしまったようである。それでもう一度、なくなってしまった庭のほうを見たのである。幻の庭はついにわしに引導を渡したのであった。

幻の庭って何だろう。どこのことだろう。狭いけれど、うちには庭があるし、木も草も花も、ささやかだけど咲いている。それにもうすぐ死ぬ、死ぬ、と言い放つ人に限ってなかなか死なないものだとよく世間で言うじゃないか。一番長生きするのはおじいさんかもしれない。

十一月某日

先月、嘘ばかり書いているとしか思えないおじいさんの日記を読んでいて、いつものように腹が立ったからだろうか、今朝また僕の腰が壊れてしまった。ぎっくり腰になった。怒りが昂じると、たいてい僕は腰を痛めてしまう。湿布を貼っても全然効かない。脳から怒りが脊髄を伝うのだ。水が流れるように。この水は巻き戻すことができない。一方的に流れ、そこにいかなる生活の徴（しるし）もない。

この苛立（いらだ）ちにはおじいさんへの少しばかりの憐れみと哀しみが含まれていることは承知しているが、そんなことでは僕が鏡の間にいて自分を見ているようなものだし、僕自身に立ち返るひとつの映像がそれ自身をさらに合わせ鏡に再び反射してしまうように、父なるものとの関係から身動きできないまま自分を先延ばししてしまうのだ、とおじさんは言う。教会の日曜学校でいつも「わが父」の話を聞かされたが、神さまの話なのか、誰のことなのかいつもピンとこなかったし、「わが父」はいつまでたっても「老いたる父」か「死んだ父」のままだ。だから実際、おじいさんが相手であっても、他人に対する純粋な怒りというものは、殺人でもやってしまうのでなければ、事実、そのままでは成立しないのかもしれない。しかし僕がおじいさんとおじさんにいつも苛立っているのは本当だ。

十一月某日

フランスの作家が書いたらしい『すべては壊れる』という小説の翻訳原稿のコピーの束がテーブルの上にあった。どうやらおじさんがそれを翻訳した友人から貸してもらったようであるが、まだ本になっていないらしい。
自分の周りを見回してもすべては壊れているのだから、タイトルが気に入ったし、訳者後書きを見ると、愛する動物も、敵も、国も、人々も、自分も、何もかもが壊れてしまう様を描いたようだ。そんな本であれば、『すべては壊れる』を読んでみたいと思うのだが、やっぱりやめておく。腰が痛いからちょうどいいと思ったが、おじさんに貸してくれというのが癪にさわるからだ。訳者後書きによると、『すべては壊れる』を書いた作家はその後ピストル自殺したらしい。僕にもいまだにたまに自殺への誘惑があるにはあって、いろいろ考えてしまうが、たぶん決行することはないだろう。自分が殺す相手は自分なのだろうかという思いがいつまでもつきまとう。

十一月半ば

おじさんの手記より。おじさんは『すべては壊れる』を読んだのだろうか。そういえば、僕たちの関係もいつかは壊れるのだろう。

……とはいえ、すべては壊れるとしても、壊れるのがいつなのかは誰にもわからないのだろうか。もし自分の死ぬ日がわかっているとすれば、人は生きてはいけないのだろうか。そのように言う者もいるが、俺を含めてどのみちすべてはいつか壊れるのである。

自分が死ぬ日だと？　三歳で難病で死ぬのも、九十五歳で老衰で死ぬのも、その人が人生をまっとうしたという点では同じではないか。むしろまっとうできたのは三歳のほうであったりする。

このことはあからさまな事実と言えるのだろうか。事実というのは真実のことであるし、誰もがそれから目を逸らすために、予防策だの想定内だの想定外だのといろんなことを、単純明快にも先延ばしにして喋り続けているのだろう。誰もが五十歩百歩である。パニックはすでに起きている。つまらないこの悪癖はいつも日常に紛れ込んでいるのだから、何をか言わんやである。うちのじいさんを見ればよくわかる。いつになっても、あのころにこんなことがあったのだと仕方なく後から思い返すようなものである。

口にされた言葉、そしてあえて口にされなかった言葉はみな明日の喘鳴（ぜんめい）になり、「怒りの日」のように、誰もが絶句することになる。みんなそのことを薄々感じているのに、誰もが卑怯な鸚鵡（おうむ）のように同じことばかり繰り返している。そう、すべては壊れてしまう。絶句のなかに人間の精神の安らぎが見つからないのは当たり前である。こんな安らぎは屈曲であり、淀（よど）みではないか。この淀みのなかで人は自分が喋っているつもりの言葉に関してたいてい悦に入っているようだが、本当は自分の言葉を自分の耳で正確に聴くことはできない。自分の言葉をこの絶句によってあえて考え巡らすことはできないのだし、言葉のフォーカスをどこにもってこようと、自分の言葉を聴くことについて人は難聴なのである。

しかも俺は騙されやすい謹厳ぶった聞き手では決してない。あほらしくなる。

十二月初日

まだ腰が治らない。僕はこんなていたらくなので、森まで走って行くことができなくなった。走るなんて永久にできないかもしれない。仕事も続けて三日休んだ。

僕はいつも不動であることに憧れていた。何かの連結を断ち切るためだ。後先がなくなる。すっきりする。のっぺらぼうになる。不動であることはあらゆる禁断症状や飢餓症状の対極にある、とおじさんは言う。どういうことだろう。ともあれ、堂々とした彫刻のように動かなくとも、往生しているのはこの僕でしかない。進退ここに極まれり。

不動といえば、意味は少し違うかもしれないが、去年の暮れに訪れた紀州の那智滝の不動明王の姿が忘れられない。不動明王の真言は、ノウマクサンマンダバーザラダンセンダンマカロシャダソワタヤウンタラタカンマンである。この長い音の流れのようなあの滝全体が極大のお不動さんなのだ。水は流れ、不動は水のなかで微妙に振動しているように見えた。怒りに震える不動明王がそこにはっきりと巨大な姿を現すことがある。見える奴には見えるのだ。

十二月某日

じっと椅子に腰かけて、部屋で干涸びた西洋カボチャを見て今日は昼を過ごした。西洋カボチャは静物画のように可愛らしくそこでじっとしていた。こんな風に、薄い絹の布を透かしたような光の射す部屋にいると、自分は羅紗（らしゃ）で包まれたようにごわごわしているのに、静物画を見ているのか、カボチャを見ているのかどうも訳がわからなくなる。矛盾した印象などではない。カボチャは自由間接話法のようにそれなりに独立独歩である、とおじさんは言う。カボチャを市場で買ってきたのは僕だけど。

どんなに煩雑（はんざつ）な構図であれ、単純に見える二十世紀風の構図であれ、静物画が無条件に好きだなあ。葉菜ちゃんも静物画を描いている。絵のほうが無関心にじっと僕を見据えているような気になるし、そんな感じになれば、絵の中に入っていくことができるように思える。そうであるからこそ、生活の形姿をとどめた、物のある静止したこの風景に近づくことができるように思う。うまくいけば、自分が大きな時間の流れの一部であることからはみ出したようになる。

静物画は誰が発明したのだろう。それは静止した生なのだろうか、はたまた死んだ自然なのだろうか。おじさんの弁では、生の静止であっても自然の死であっても、それが有望な商品形態のひとつになることを完全に免れているそうだ。静物画は欲望から遠ざかる一方であるように見えるからだ、とおじさんは言う。その意味では静物画はフェティシズムとは無縁であるかもしれない。好きなのが鼻の頭であろうと、髪の毛であろうと、爪であろうと、ハイヒールであろうと、誰もが自分のフェティシズムについて息せき切って喋っている。僕は聞く耳をもたない。

おじさんによると、かつて静物画はVanitasと呼ばれ、つまり虚しさを寓意として表していたようだが、今では虚しさの寓意はすでにいたるところ、その反対側にもあるのだし、かつての寓意は、過去に物があって、その物は枯れ、腐り、壊れ、無秩序へ向かって傾斜していくということの虚しさだった。それがノスタルジーに近いものであるかのように鑑賞者たちは誤解したのだ、とおじさんは言う。

でも物がかつてそこにあったのに、なくなっても今もこうしてそこにある、ということのほうが僕の関心を引くのかもしれない。現実から静物画へのイメージ自体の移行は、画家の苦労を別にすれば、それなりにスムーズに行われるように思えるのは実は錯覚だ、とおじさんは言うが、それにしてももうひとつの大切なことは、「そしてその物はもうそこにはないだろう」ということだろうと思う。

あったものがもうないのは、逆向きに時間を辿るならば、無から有に逆行したことが前提となり、しかもこの無は有によって成り立っていたことになるのだし、これはとてもおかしなことである、とおじさんは言う。言ってみればこれこそ時間の奇跡のように思えるし、静物画は僕たちがそうであるように時間の一部ではないのだ、と。

十二月クリスマスの日

昨日述べた静物画は、スナップショットのように停止した昨日の静物画でしかないのだろうが、人々の暮らしはまだ描かれていない静物画に似ているほうがいいのではないかと思ったりもする。ちょうどクリスマスだしね。それはあらかじめ消え失せたりしない感じがする。そのタブローがどこかの納戸(なんど)のなかで埃(ほこり)をかぶっていたとしても。たとえそれがおじさんの言うVanitasを寓意していたとしても。僕たちは生活というものについて先刻承知していたようにはもう振舞うことができない、とおじさんは言う。静物画のような暮らしを送ること、それが僕の願いだ。あまり働かないで、動かないで、普通の暮らしを送ること。でも、普通って何だろう。普通には警戒したほうがいい。昨日も近所の市場にジャガイモと鶏もも肉とニンジンとトマトときゅうりを買いに行った。友だちが自分で作ったジェノヴァ風バジル・ペーストをくれたので、それで料理をしようと思う。

静物画といえば、おじさんの手記にこんな条(くだ)りがあった。

あの大惨事で大量の本を失ったが、たまさかの僥倖(ぎょうこう)か定められていたことなのか、かつて読んだのに消失していた言葉がずっとそこにあったみたいに、新しい本が机の上に置かれていたりすると、それが静物画のように見えるばかりか、頁を捲(めく)ると言葉が突然過去のなかで起こり得た予兆のように俺を震撼させる。

二〇一六年元日

おじいさんの相変わらず馬鹿げた備忘録、「脱腸亭日乗」より。

元旦。寝正月は何十回目であろうか。今年もまたひどい風邪(かぜ)でずっと寝床のなかに横臥(おうが)しておった。いま見た初夢が千年前のものなのか、はたまた大晦日の夢なのかわからないのである。夢は覚めなければ夢ではないのであろうから、蝶にも非ず、詩人にも非ず、枕泥棒にも非ず、黒松剣菱を一升瓶ごとがぶ飲みして、わしはそそくさと夢のなかへ再び還帰することになったのである。

すでに除夜の鐘が聞こえておった。元日は祝うものかは……。眠りのなかの鐘の音はわしを寿(ことほ)ぎから寂しく、しかし峻厳に遠ざけるのであった。しばらくの間わしは昏睡に陥っていた。Le coma! ル・コーマ。眠りのなかでコマのようになるのである。地獄変相に描かれたような地獄の一丁目、あの破れ軒下に佇み、鼻垂れ小僧がやるように、そこで独(こ)楽(ま)を回してお正月、もういくつ寝るとお正月。

小野小町九相図のどの相であっても骸(むくろ)は眠ることもままならぬ。塵(ちり)になっても同様である。世が終わらんとも、屍(しかばね)春眠暁を覚えず、とはいかぬ。「私は眠った、私は目覚めた、私は眠った、なんという暮らし！」若かりし頃に読んだフランツ・カフカの日記にドイツ語でそう書かれておったが、わしにとってそんなことはちっともないのである。これが平和な暮らしというものである。かくして、何が目出たいのか、益体もない正月が終わったのであった。

おじいさんがひどい風邪をひいていたのは本当の話だ。剣菱の一升瓶も空になっていた。僕も眠った、僕も目覚めた、僕も眠った……お正月だから……。

一月某日

おじさんの偽の詩（十四世紀無名のイタリア吟遊詩人の詩と謳(うた)っていたが、たぶん嘘だろう）を書き写してみたが、つまらないので黒のマジックで消した。

二月某日

おじいさんの「脱腸亭日乗」より。

わしのむく犬が逃げた。豆腐を買いにやらせた帰りであった。わしは縁側で風船をふくらませておったのであるが、裏の坊主が飛んできて、失踪をわしに知らせたのである。さるにても迷惑であった。風船が割れた。わしは悲しい。わしは憂いに沈んだ。
　向こう隣のおてんば娘であるフィーフィーが風邪を引いたので、鍋焼きうどんを持って行ってやろうとしたら、卒然と断られた。お気に入りの襟巻きも二本どこかに落としてしまった、と嗄れ声をふりしぼって言ったのであったが、フィーフィーは知らんわいとそっぽを向いた。
　夜が来て、わしは犬を探しに行った。豆腐だけが電信柱の下に落ちておった。わしは拾って、鍋焼きうどんに入れて食した。明日をも知れぬ身である、と誰かが耳元で訥々と囁くのである。小雪がちらちらと申し訳程度にセンリョウの緑葉と赤い実の上に降りかかっておった。北方への望郷ならずとも、雪はいいものである。

　僕はうちで飼っていた犬がずいぶん前に行方不明になっていることはもちろん知っているが、はっきり言って、一昨日からざあざあ降りの雨だったし、雪なんかちっとも降っていなかった。

三月某日

おじさんの手記より。今日の手記を読むと、おじさんもおじいさんの「脱腸亭日乗」を見ていることがわかった。若干の驚き。

じいさんは行ったこともない北方への望郷などという見えすいた嘘を言うが、北方への望郷などという言葉を聞くと、それだけで北の詩人、吉田一穂（いっすい）の「少年思慕調」を思い出してしまう。

参星（オリオン）が来た！　あゝ壮麗な夜天の祝祭
裏の流れは凍り、音も絶え、
遠く雪嵐が吼（ほ）えてゐる……。
落葉松（からまつ）林の罠に何か獲物が陥（お）ちたであらう
弟よ、晨（あした）、雪の上に新しい獣の足跡を探しに行かう。

参星（オリオン）が来た！　詩人はそう書く。だから俺にも冬にオリオンが来るのだ！　こんなことは滅多に起こらない。裏の流れがあった。背後の川と裏返しの肉体のなかに凍りかけた水が流れていた。あたりはしんとしている。われわれは無音の中にいる。吉田一穂の詩は切り詰められている。鏤刻（るこく）の詩人は身を削っている。したがって文も削られる。詩は細く、痩せ、強くなる。彫刻家がまだほやほやの塑像（そぞう）を削るようにだろうか。いや、そうではない。

僕も北方の生まれではないけれど、その詩人を読んでみたくなった。貸してくれとおじさんに頼むのはやっぱり今度も癪だから、おじさんがいないときに本棚を勝手に探してみようと思う。うちには本がわりとたくさんあるので、僕はあまり読まないけれどとても助かることがある。まがりなりにも校正の仕事をしているので、本を読めと言われているし……。

三月某日

近所のフィーフィーが塀の向こうの蔭で隣の和尚と立ち話しているのが見えた。何かよからぬ相談かもしれないので、見て見ぬふりをした。フィーフィーはいつもハイヒールを履いているし、フィーフィーのほうが背が高いし、和尚は背が低いので、凸凹(でこぼこ)コンビだ。彼らの頭に沿って光線が斜めに射している。前にフィーフィーは井戸に香水瓶を落としたと言っていたが、あれも嘘だろう。井戸に香水を落としたら大変なことになる。実朝(さねとも)の首が根元に埋められているお気に入りのイチョウの木が台風で倒れたのでフィーフイーはいつも機嫌が悪いのだ、とおじさんが言っていた。フィーフィーのあの赤ちゃんのような顔を見ると腹が立つ。

四月某日

ちょうど新聞に西行についてのこんな文章が載っていた。

「春死なん」

《私の母は女学生時代に詩歌班というのに入っていたらしく、中也その他の現代詩や、万葉集、古今集、新古今集の詩文をいくつか諳(そら)んじることができた。老年を過ぎてもまだ、突然、いたずら娘のように、まるで空無のなかに透明な文字を吐き出すようにして詩や短歌を口にすることがあったが、そのなかには西行の有名な歌もあった。

願はくは花の下(した)にて春死なんそのきさらぎの望月のころ

漂白の歌人であった西行法師はこの歌のとおりに円寂したと伝えられているが、西行没後の定家や俊成の感慨を思うと、やはり（西行の）死は喜ばしいものだったということになりはしまいか。僧であった西行が野垂れ死にしても浄土をめざしていたことは間違いあるまい。西行にあって、桜は死と強い結縁(けちえん)を結んでいる。高橋英夫『西行』のなかの素晴らしい表現を借りれば、散りゆく桜とともに「西行は現在生きつつあり、現在死につつあるのだ」。西行は死につつある。満開の桜がいまこの瞬間に音もなく舞っている。桜ははらはらと散っている。満開の桜は散ることしかできない。

春風の花を散らすと見る夢はさめても胸のさわぐなりけり

元永元年生まれの西行は、出家遁世の身空にあって、能にも登場することになる「諸国一見の僧」だった。彼は斜めに世の中を横切った。世の中など嫌いに決まっている。武家の出身であったフーテン法師は憎まれ、殴られ、童子にさえ笑われた。『撰集抄』によれば、吉野の山奥で、呪術によって骨から人を蘇（よみがえ）らせたこともあった。歌を詠（よ）む人は必ずや見る人でなければならないが、西行は諸国山野をさすらって何を見たのだろうか。西行は七十七歳で没するが、その数年前に平家は壇ノ浦で破れ、まもなく滅亡した。

まどひ来て悟り得べくもなかりつる心を知るは心なりけり

この春は君に別れの惜しきかな花の行へを思ひ忘て

母が重篤になった頃、山麓の病院へと続く並木道は桜が満開だった。今年この町は桜が咲くのが遅かった。桜を愛（め）でるということはここのところ絶えてなかったが、今年は何か違う予感があった。しばらくして満開の桜も雨ですっかり散ってしまい、目の覚めるような青葉の新緑が私の眼を射抜いたその日に母は死んだ。》

びっくりした。ここで言及されている「母」は僕の亡き母にそっくりじゃないか。そっくりどころか、いたずら好きだった母そのままである。母はちょっとしたいたずらをしてやろうと、いつも手薬煉引いて待ち構えているような人だった。

僕の母も万葉集や古今集の詩を諳んじることができた。まさにここに書いてあるとおり、重篤になってから、母はもうもたない、できるだけ早く死なせてやりたい、死のうとしている命はにわかになるだろう、でももうすぐ最後だろう、と僕が病室で思ったのは、桜が満開になった頃だった。そして亡くなったその日は新緑がいっせいに芽吹いた日だった。医者と看護婦長は、僕が母を良からぬ考えで早く死なせたがっていると疑った。

母が息を引き取る寸前に口にした末期の言葉は「ハヤク、ハヤク」だった。かすかに聞き取れる声で。彼女はそれを僕に言ったのだろうか、それとも別の誰かに言ったのだろうか。そこにはいなかった別の誰かに。早く、速く……。早く死ななければならない。速く逝かなければならない。どこへ？　あっちへ？　あっち？

僕が不良少年だった頃、馬鹿な子はいらないから早く死になさい、と母に言われたことがあった。彼女は料理がとても上手だった。

四月某日

朝、おじさんの真似をして、やめておけばよかったのだろうが、こて試しに下手な一句を無理やり書いてみた。言葉は発酵してくれないし、俳句を詠む、なんて柄（がら）じゃないけれど、まあ、いいよね。

死んだ母家出のみぎり新緑くぐる

西行についての新聞の文章を読んだからだろうか、その夜に夢を見た。

路面電車が走っている広い道路に僕は立っていた。どうやら地方の都会のようだ。ガタンゴトンと路面電車が走り去る音が遠ざかるように聞こえていた。広い道路の遥か反対側を死んだはずの母が歩いていくのが見えた。彼女は四十過ぎくらいで、少し太ったのか溌剌（はつらつ）としていて、僕が覚えている棺のなかの顔とは別人だった。棺のなかの最後の顔は老婆にしては、それも大病を患った末のことだったにしては、それなりにきりりと整っていたが、少し現実離れしているように思った。それに比べて、歩いている母は化粧もしていて、若い頃のように色気があった。

De profundis clamavi ad te, Domine. デ・プロフンディス。深き淵より、我、主たる汝（なんじ）を呼べり。

深き淵より彼女はさっさと蘇っていたのである。

どこからか教会の鐘の音が聞こえた。そのときとっさに母は家出したのだと直感したのだった。彼女はきっと前の世で死を賭した不倫をしたに違いない。生きている間、僕が家にいた頃は、家出らしい家出をしたことがなかったと思うし、何日も家をあけることはあっても、里の広島に帰っていたり、たいていは旅行をしたりであったが、気儘（きまま）な彼女なら普通にやりそうなことだった。生きている間、その必要がなかっただけで、必要とあらば、彼女は家出であれ、何であれ、平然とやってのけただろう。

彼女はメタセコイア並木の目の覚めるような新緑の下を足早に急いでいた。目を射抜くように緑の葉から零れた光が幾筋も降り注ぎ、とても爽やかな陽気だ。僕は彼女に追いつこうと焦（あせ）っていて、うっすら汗をかいていた。歩道は土の道で、少しばかり砂埃が立っている。遠くから呼びかけてみたが、ここから呼んでも聞こえるはずがない。遠くから呼びかけたのは僕なのだから、深き淵にいるのは僕のほうだったのだろうか。これには笑ってしまう。

深き淵より生ける我、死の淵から蘇りし汝を呼べり。

この道路は緩やかな坂になっていて、その勾配はとても心地よく、そのまま広い三叉路のほ

う へ向かってゆっくり下っていくのだが、道が交わるあたりまで追いかけてはみたけれど、交差点に立っていくら見回してみても、どれも広く明るい三つの道路はがらんとしてまったくひと気がなく、最初から誰もいなかったかのようにどこにも彼女の姿はなかった。
　僕は母を見失い、母は早々に家出に成功したのである。ハヤク、ハヤク。

六月某日

おじいさんはどこへ行ってしまったのか、何日も帰ってこない。警察に捕まったのかもしれない。前にもそういうことがあった。何が気に入らなかったのか、電車のなかで乗客の足をいきなり蹴飛ばして、逮捕されたのだ。おじいさんにとっては、羞恥は恐怖と両立しないし、その逆でもない。僕にはよくわからない。

　おじさんもまた森にばかり出かけているようで家で見かけることはほとんどない。何か取り返しのつかないことをやらなければいいのだが……。近所の人たちにも気づまりを感じることがある。おじいさんでもあるまいし、森のなかにしつらえた中国製の螺鈿（らでん）のテーブルで初夏のソルティ・ドッグをいつも一杯やっている、とおじさんが近所の奥さんに話していたらしいが、奥さんはそれから数日後に庭で死んでいるところを表を歩いていた通行人に発見された。事件の疑いがあったからなのか、警察が非常線を張って、物々しい騒ぎになった。

　前に言ったように、森には雨ざらしのゴザしかないし、椅子だってない。困ったものだ。何年前だろうか、ある法事を山寺で終えた春の終わり頃から、おじさんはおじいさんに似てきたなあ、とつくづく思っていたが、嘘の内容までそっくりだ。ここには病を患う人たちだけがいる。それを考えると苛々して、明け方まで眠られないときがある。

六月某日

久方ぶりのおじいさんの「脱腸亭日乗」より。何を書いているのかよくわからないけれど、新聞でこんな文章は読んだことがないし、珍しいので書き写しておいた。「脱腸亭日乗」にはこんなやつがときどき見つかる。

　さなきだに　ぎざぎざに　蟹のやうに　横向きに　地の果てに　水浸しのにいにい蟬の抜け殻に　似て非なる　贄のごとく　新高山より落ちきたり

　おお日々に疎ければ　さらにさらに日めくりを捨て　何を捨て　花巻宮古気仙沼に陽沈み　陽を射り　陽を焚き　陽暮れなづむとも　さもあらばあれ　捨てたるものはいまやなし

　ふらふらと舞台の上でありもしない科白をわめいているのが昔死んだはずのおまえだとしてもその科白ですらわしが昨日どぶ川に吐き捨ててすでに顧みることなどない言の葉に

かかった涎（よだれ）にすぎず舞台の眺めであろうとあらぬ方から吹いてくる風など吹けば塵と一緒に舞い上がり下（しも）のまた下のどこかへ消えてしまう光だけでできた破けた葉書の切れ端に書かれたものにすぎないのであってそいつは誰にも拾われることなく人の住まなくなった砂だらけの玄関にいつも落ちている

七月某日

昨日、熟（う）れていない不味（まず）いスイカを食べてすぐに床に就いた。焼酎もがぶ飲みしたので、胃がちゃぽちゃぽ鳴っていた。また夢を見た。明日であれば、僕は死んでいた。昨日から死んだままだった。死すべき身空である僕たちは、過去とほんの少しの未来に生きている。最近また悪夢に近い夢をよく見るようになった。目が覚めると、我ながらどこで何をやってきたのかというくらい、へとへとに疲労困憊している。悪事を働いた覚えはないのに、生きたままだったとはいえ、夜盗をやったのか、夢を見たのか、別の世にいたのか、本当はよくわからない。

……あの人を見かけた。実際にそうだったのだが、もう何年も会っていないような気がした。浜辺が海のほうへ向かって下っているような緩やかな坂の町だった。小高くなった道からは押し寄せる波を眺めることができる。岸に沿って単線の線路と踏切があり、その向こうに海が臨めた。僕はトラブルばかり起こる旅行が嫌いなので、外国に行ったことはないが、見たことも行ったこともない異国の田舎町のような感じがした。砂浜も海も真っ黒で、子供たちが数人だけ波打ち際でぽつりと遊んでいた。子供たちは日本の子供たちだった。

あの人はバスの停留所に立っていた。むこうも気づいた。少しの間でいいから、あの人と話がしたいととっさに思ったのだが、僕は黙っていた。あの人が女性らしいスカートではなく男物らしいズボンを履いているのを見て、なぜかほっとした。そこに居ながらにして、理由はわからなかった。

気がつくと、あの人と並んで歩いていた。酸っぱいような、喉元に冷えた溶岩のような何かが込み上げてきた。気づまりを感じたまま並木道を通り過ぎ、僕たちは古い石の橋を渡った。どこにも選ばれた人はいない。僕はかつての静かな日々を思った。

見れば外国人とわかる男が三人近づいてきて、僕にチョコレートをくれと言った。ポケットからナッツ入りのチョコレートを取り出しながら、この男たちが悪人だということは見た感じですぐに察知できた。男たちはにやにやするばかりだった。ほんとうに嫌な感じのする連中だった。赤い実をくわえた鳥が目の前を飛び去るのが見えた。

そのままあの人と僕と男たちは古い大きな建物の前に着いた。影だけでできたような暗い建物である。不愉快な男たちはここに飾ってある絵を盗みに行くのだと言っていた。立派な油絵が何点も壁にかかっているらしい。男たちは、見かけの暗さとは違って、はしゃいでいた。

あの人はトイレに行くと言って建物のなかへ入っていった。会ってから一時間も経っていない。建物の壁は黒カビだらけで、赤黒い罅が入っている。あの人がもう戻って来ないことは僕にはわかっていた……

八月某日

おじさんの手記より。おじさんはずいぶんペシミストだと思っていたが、より悲観的になっているようだな。おとなしくして、面倒を起こさないでいてくれれば、それでいいのだけれど。

雨が降っている。朝から気分がすぐれない。

昨日、遠くにいる友人から手紙をもらった。「……そうだ、傷つけることのできないもの、葬ることのできないもの、岩をも砕くものが、君にはまだそなわっている。その名は意志だ。それは黙々として、屈することなく歳月のなかを歩んでゆく……」と書いてあった。馬鹿か、まるでニーチェじゃないか。

俺にいったいどんな意志があるというのか。人が意志をもっているとあえて自覚するとき、物事は悪いほうへ悪いほうへと傾斜しているということである。道は続いているけれど、石ころがあるばかりなのだ。ローマにあの道この道は通じていても、里程標まで辿り着くことはきっとできないだろう。万が一そこへ行き着いたとしても、あのローマの里程標でさえ、ロルカが詩に書いた、高みから死がわれわれを見張っているコルドバの塔のようなものかもしれない。

　意志の最たるものは自殺である。絶望は宿命の残り滓ではない何らかの意志を含んでいる。宿命というやつはロカルノの女乞食の老婆のようによろよろしているし、時間は宿命のことなど思い煩うこともなく絶嶺からただ下って行く一方でしかないのだが、この意志の道はあの塔のほうへ、もちろんまだ曖昧模糊としたままであるあの死へ向かって傾斜している。しかしよくいる自意識だけの自殺願望者はいつまでたっても自殺できないというのも本当だろう。自意識はけっして意志ではないからである。

　しかし自殺の帰結と死が、同じ存在が有する存在の決定的な渋面であり、ある種の生の帰結としての両者の融合であったり、死してなおの邂逅である保証はどこにもない。本当の終わりはあるのだろうか。終わりとは何なのだろう。存在はこれが俺自身であり俺自身の終わりだと言うことができない。死の観念が甘美なものであるなどと人がどう嘯こうとも、そもそも死などあるのだろうか。人には生きることをやめる時が必ずややって来るし、それを人は死と呼んでいるが、「死」そのものはどこにあるのか。人や動物の生の終わりから「死」なるものへと移行が生起したと考えるのは、論点先取の虚偽かもしれない。

八月某日

何もかもが、古代楽器の弦が震えるように、絶えずさらに遠ざかって行くことしかできない遠い昔に起こった出来事のようだ。自然であれ、何であれ、時間の推移を自然に映し出すものなどないじゃないか。僕の目の前で、現在はいきなり過去になる。過去がずっと続く。それを忘れたくても、首根っこを摑まれ、その出来事の感触のなかにいきなり放り込まれると、自分が経験したことのない事態に向き合ってしまった子供の頃のようにどうしたらいいのかわからなくなるのは、とても情けないことだ。いや、どうしたらいいのかはわかっている。何もしないし、何もできない。

僕がまだ小さかった背の低い子供時代から、いつ見ても僕の目の高さには光のせいでそのつど少しだけ様子が違って見える同じ緑の葉っぱが生い茂っていた。でも印象は違っても、見ているのはいつもこの同じ木だった。美しい木しかない。僕はそっとそれに触れてみる。

八月その翌日

おじさんが居間で、珍しく自分で調理したのか、ペペロンチーノを食べていた。オリーブ油と塩とニンニクと唐辛子以外に何も入っていない。

シュレディンガーの猫っていうのを知っているか、とおじさんが僕に言った。

放射性元素、まあ言ってみれば毒物だが、その放射性元素が原子崩壊を起こす確率を五十パーセントにしてある。猫を箱に入れてガイガーカウンターが原子崩壊を検知すると、猫は同時にこの毒物によって死ぬ仕組みになっているんだ。箱の状態には、毒物が充満する状態と毒物が放射されていない状態が二つある。つまり量子論的に言えば、猫が死んでいる世界と猫が生きている世界が二つそこにあって、二つの状態は共存し合わさっていることになる。

観察者がやってくる。つまりお前だ。お前が箱を開けると、粒子の波動関数としての波束の収束が起こり、世界がしゅうーっと縮こまり、猫が生きているか、それとも死んでいるか、どちらかが決定され、それをお前は、何事もなかったかのように見ることになるんだ。猫が死んでいれば、何事もないどころか、動物好きのお前は悲しみに暮れることになるだろうけどな……。今まさにお前が見ているのはこの世界である、ということの意味はそういうことなんだよ。じいさんひとりがいるこの貧乏くさい部屋、俺がひとりでいるこの贅沢な部屋、俺とじいさんがいるこの虚しいまでに空っぽの部屋、お前がひとりでいるこの汚ねえ部屋、等々、それらは量子論的に混ざり合っている、というか重ね合わさっているんだ。おじさんはそう言ってスパゲティーをきれいに平らげた。

でもね、と僕は口を尖らせて言い返してやった。おじいさんとおじさんはめったに一緒にいることがないし、それにおじいさんとおじさんと僕の三人全員がこの部屋にいればどうなるのかな？　外部には観察者なんていないじゃないか。おじさんの言い分では、非決定の世界ということになるんだろうけど、この非決定の部屋の内部に三人がいれば、三人の誰もが観察者になりうるし、猫の境遇にもなりうるし、このひとつの世界のなかに三人しかいなくて、三人が同時にこの部屋を見れば、同時に三人が別々の世界を見て、別々の世界にいたり、三人全員が死んでいたり、死んでいなかったりすることになるじゃないか。これは非決定の世界のなかですでに何かが決定されたということでしょ？

僕は続けた。この部屋のなかで三人が同時に別々の世界にいるのなら、今こうして僕たちがしている会話も、また元へと戻り、何遍も、何遍も、無限回、似ているようで似ていない少しだけ違う会話を繰り返してしまい、おじいさんがいなかったり、いたりするし、またおじさんが訳のわからないことを喚(わめ)いたり、喚かなかったり、隣の和尚が出歯亀のように塀から覗いていたり、覗いていなかったり、それが同時に起こって、頭のなかはもう滅茶苦茶だよ。それなら「この世界」なんて概念は成り立たなくなるじゃないか。

そうさ、とおじさんは言った。実際、お前も知ってのとおり、世界が移行すれば、この世界とあの世界を繋ぎ成り立たせる共通項などというものはあり得ないのさ。誰かが見たとたん、ひとつの世界が決定され、そこにそいつは落ち込むことになる。落ち込むのは意志をもつと言われる観察者だよ。もっといいのは、三人ともこの部屋にいない場合を考えてみることだ。そいつを見ているのはいったい誰なんだろうね。

神さまのことを言っているの？　僕がすかさず言い返した。誰も見ていない、誰もいない部屋を見ている神、その神にも観察者のような意志があるってことなの？　この場合の意志ってなんなのかな？　神がこの部屋の状態を決定してしまうの？　だけどももし神が死んでしまった世界に僕たちがいるとすれば、観察者はいい加減な考えしかもたない僕たちだけということになるし、ぼぉーとしていて、案外目があってもちゃんと見ていないし、それはそれで困ったことだね。

神にもいろいろあるからな、とおじさんが言った。神は、十四世紀の西洋の神学者たちが主張するように、意志を持った「私」の原理、世界への意志を持ちすぎたあまり万物の成れの果てのようなものになった「私」の最たるものだとしても、もし神がそのようなものであれば、要するにそれは時間の極限に置かれた部屋か箱を前にすれば、結局「私」ではないだろうと思うがね。

おじさんが続けた。ユダヤの神の名、つまり旧約聖書の神の名は「私ハ在リテ在ル」であって、「在リテ在ル」でも「私」でもない。つまり「在リテ在ル私」は「私」のひとつの偶発性にすぎないとしても、「在リテ在ル」ことが「私」を決定するのではない。「私」はひとつの属性として「在リテ在ル」のではなく、「私ハ在リテ在ル」のであって、それはひとつの名前なんだ。それは「在リテ在ル」ことによって「私」が限定されることで、「私」なる意志を持てない何かであるから、観察者ではないし、観察者をそうあらしめるだけだし、観察者自体はどこにもいないことになる。

おじさんがさらに続けた。この分で行けば、途中の論証は省くが、逆に究極的には世界のなかで「私」を観察できるのは「私」だけである、という結論になってしまい、世界のなかの「私」の存立条件は「私」ということになる。そして私は死んで、かつて在った、今在る、これからも在るだろう「私」が残るんだ。

僕が言った。それに動物たちだって見ているよ、フィーフィーの飼っている黒猫も、逃げたむく犬も、世界というかこの世界を……

すでに二人とも欠伸を洩らしていたし、飽きてきたので、ここらへんで僕たちのお喋りは終わった。

九月某日

どこから出てきたのか、中学校の教科書があったので懐かしくて覗いていたら、ある随筆が目にとまった。アヘンの匂いについてのそのエッセイのなかで（思い出したが、僕はこの随筆が大好きだった）、芥川龍之介は、墓地で寺男が掃き集めた樒を焚く匂いが阿片の匂いに似ていると言っている。それは同じように菊の匂いでもあるようだ。芥川龍之介はエッセイの最後に松瀬青々(せいせい)の俳句を引用している。僕もおじさんみたいにその俳句を引用してみよう。

初冬や谷中あたりの墓の菊

なんかこの俳句いいなあ。散歩の途中、谷中の墓地のあたりまで来てみると、煙が上がっている。墓守が樫(かし)の大木の下で樒を焼いて焚火をしているのだ。菊の香りがする。墓地はきれいに掃き清められて、人もまばら。地面には熊手の跡が残っている。ゴールデンバットをくわえ、袂(たもと)に手を突っ込んだまま突っ立ってそれを見ていた芥川龍之介は、その煙の匂いを嗅いで陶然としていたのだろう。彼は何かに招来されていたのではないだろうか。少なくとも芥川龍之介には阿片を吸った経験があるのだと思う。

これは僕のただの妄想なのだが、七月の僕の夢に出てきたあの人も、この谷中の墓地近くの路地の曲がり角あたりで姿が見えなくなってしまったような気がしてならない。

谷中には行けないので、雨が上がったら、森へ行ってみよう。

十月某日

今日、縁側で日向(ひなた)ぼっこをしながらお寿司を食べていたら、おじさんがふらっと帰って来た。

菊の花がどこかにあるのか、菊の香りが漂っている。

「こんなに長い間どこに行ってたの」

「森だよ」

「森に行ってみたけど、いなかったよ、なんでいつもそんな嘘ばっかりつくのかなあ」

「お前には見えなかっただけさ、すでに見つけていたものしか、探せねえんだよ、わかるか、お前に見えるのは、森のなかに置かれた古い雨ざらしの籐椅子だけさ、そこにいったい誰が座っていたというんだい、俺かい？　お前かい？」

「籐椅子なんかはじめからないじゃないか、ゴザだってなくなってた、仙人草と山百合がたくさん咲いていたけど」

「いっぱい咲いていただろ、だけど山百合は初夏に咲く花だから、お前が見たのは山百合じゃねえ、終わってしまった夏の悦びさ」

「夏の悦び……」

　おじさんはもう一度そう言うと、最後のお寿司をつまんだ。

十月翌日

　久しぶりのおじさんの手記。京都か奈良の話なのだろうか。あり得ない場所に着物姿の日傘の女性が立っていたらしい。小川の反対岸の、砂利だらけの、誰もそこには行けない炎天下の小さな古墳の前……。

古都はいい天気だった。首を傾げた長い黒髪が向こうで少しずつ見えなくなっていったように、小川のそばを誰も通らなかった。幽霊をとらえそこなったのだ。せせらぎの音を聞きながら、俺の右脚は消えていた。返してもらった腕も。昨日の掻痒感(そうようかん)とともに新たな少しの慚愧(ざんき)の念を残して。強い日差しの下に女が日傘をさして立っていた。

烈日からいかに隠れて夕まぐれあの娘(こ)の片腕藪に隠さむ

削れて粉になり消えてしまった腕はしばらくすると向こうのほうでまた少しずつ現れて小刻みに震えていたが、指の先端でつまんだ煙草が煙とともに再び現れるみぎりには、腕だけでなくすでに顔もぼやけ始めて、このままではまたぞろ消滅の憂き目に遭うなと思った途端、燃え尽きたはずの火がからだに燃え移り、揮発性の叫びのような一瞬の燃焼の末にからだは灰になるのであった。

長い髪の別の彼女は日傘などさしてはおらず、川のほとりでドビュッシーを聞いていた。挨拶がわりに、彼女はちょっとした嫌味を俺に投げかけた。焦った俺はわけもわからず無視してしまった。そのことで彼女は一生俺を恨むだろう。今日は、昼下がりに爪が花粉をこすっている。日差しが眩しく温かかった。彼女の爪についた花粉のように言葉が舞い上がる。俺は思い出す。さようなら、またね。彼女は手すら振らなかった。

ここは京都のかつての悪場所にある木造のおんぼろアパートなのだが（ほんとうはどこなのか？）、草ぼうぼうの中庭のような一画があって、そこに大きなブナの木と、それから日時計があった。蜘蛛の巣だらけの涸れた車井戸もある。日時計はブロンズ製で、daemonicusとラテン語が彫ってあった。悪魔の日時計。気味が悪いし、たぶん君が悪いのだ。

隣は船室を思わせる丸窓がある悲しげな元遊郭の建物で、いまは使われていない便所のあたりがもやもやしていた。その便所のなかに入ったのに窓がないじゃないかと思案して便器にまたがっていたら、片方の耳が急に聞こえなくなった。十年以上鳴りっぱなしの持病の耳鳴りのせいだということはわかっていた。いや、昔の友人が昨日携帯電話を川に捨てたよと自慢げに言うから、試しに電話をしてみたら自分の家の電話が鳴ったので、朝から晩まで耳鳴りが続いていた。あいつはただの居候だ。自分の意に反して、人格を入れ替えただけだ。

十一月某日

おじいさんの「脱腸亭日乗」より。歳と顔に似合わず、赤頭巾ちゃんだって！

昔々、赤頭巾ちゃんがミニスカートから伸びた自分の義足の右足を見ていると、左足が消えてそこをお婆さんがずっと下のほうまですべって落ちていったわい。婆さんの家にはどろどろに溶けて赤く燃える溶鉱炉があって、それが部屋の隅々に口を開ける墓穴のなかにまで反射して、まるでベナレスの沈む夕陽のようじゃった。

昨日のことだったか、狼は惨殺され、切り刻まれ、野辺送りの暗澹たる行列も蹴散らされ、行列に向かって敬虔に傾けたあいつの膝もばらばらに砕かれたんじゃ。あいつは泣いておった。赤頭巾は、お婆さんなんかおらんわいと喚きながらベッドを叩き壊して、とうとう頭巾を破り捨て、それに火をつけよった。

礫になったのは私のかけがえのない片割れ……婆さんの部屋では、ラジオ・ヘルメティカからぎくしゃくとそんなシャンソンがびっこの杖の音のような打楽器を伴って聞こえておった。無様な歌じゃ。その後でまた歌声と狼の唸(うな)り声が聞こえた。グゥオー、ガダール、モナムール、泣かないで、食べてしまうよ、これは映画なのさ……と歌う女性の声じゃった。鉄錆で顔を真っ黒けにしてケラケラ笑う赤頭巾に向かってラジオ・ヘルメティカはそうがなり立てておった。

赤頭巾がこんなくだらないラジオをいつまでも聞いている気遣いはない。心理学ラジオを消して、水をぶっかけ、金槌でそれを叩き壊すと、赤頭巾は狂ったようにがつがつとリンゴをほおばり始めよった。赤頭巾の口が切れて、とめどなく血を流しておったわい。鉄屑と一緒にリンゴをほおばったのじゃ。赤頭巾はリンゴの芯をぺっと吐き出すと、ミニスカートから伸びた足をぼりぼり掻いておった。赤頭巾はとにかくどうしようもない食いしんぼうだったのじゃ。

十一月翌日

昨日、電車で二つ目の駅で降りる用事があったので、帰りがけ、ついでにステンドグラスでも見ようかなと思い、葉菜ちゃんと一緒にゴシック様式のカトリック教会に立ち寄った。教会への坂を登る前、高台へと続く急な階段から見おろすと、下のほうで、川沿いの桜並木は影のなかに黒々としていた。川辺の彼岸花はもうとっくに枯れていたし、今年の夏は酷暑だったのに、陽が落ちかかった今はもう肌寒いくらいだ。

たまに音楽がそんな悪戯（いたずら）をするように、夕暮れの最後の光がどちらかといえば質素なゴシック窓から射し込み、一瞬だけ、絶対ここを通り過ぎたことがあるという肉体的感触をともなう絢爛豪華な幻覚を内陣のなかに映し出していた。他の誰でもなく、僕の幻覚だった。神父どころか誰もいないのに、ぶつぶつとラテン語のミサの一節が聞こえてくるようだった。言葉は物質的な似姿であり、それは肉となり、しかし誰の似姿でもなく、神の似姿ですらなく……

床に丸く光が当たり、そこを火事のように燃え上がらせた。最後の火は円天井までは届くはずもなく、そこで身をよじっていたかと思うと、床に燃え移ることもなく、日の光が翳るにつれて次第に弱まるばかりだった。光の外は清寧なままだ。

僕の前方に、教会の礼拝堂で懺悔している黒ずくめの男がいる。彼は今、内陣の横手の小さな入口から脇目もふらずにどかどかと入ってきたばかりだった。僕と葉菜ちゃんは何をするでもなく、何を祈るでもなく、礼拝席の後ろのほうにただぼんやり座って見ていた。この聖堂には僕たち以外に誰もいない。さっきまで歩きながらイヤフォンで聞いていたヘンリー・カウエルとサイキックＴＶの音楽とは無関係な世界が、痛いほどの静寂をともなって目の前に広がっていた。この男が音楽など聞いたことがないのは一目瞭然だ。

どう見ても男は本物のやくざにしか見えない。しかも幹部なのだろう。ぱりっとした上等のスーツと黒シャツとブランド製のベルトとピカピカの黒靴、がっしりとした体軀、短い髪、そして目は鋭く、いかつくて、脂ぎって、それでいて蒼ざめた顔つき。過酷であったはずの人生がそんな風に男を鷲摑みにしてきたように、必死で持ち堪えている途上にある否定性の極みがそこにあった。

僕は目を離すことができず、固唾を呑んで男を見守っていた。葉菜ちゃんも目をまん丸にしたままひと言も喋らない。内陣の柵の前で男は膝をつき、手を合わせて握り締め、一心不乱に祈っている。額からは玉の汗が吹き出ている。彼は懺悔している。僕は懺悔しない。懺悔が黙示となり、おしまいを迎え、絶対の沈黙と同じ形をとって、彼のなかで張り裂けんばかりになっているのが手にとるようにわかる。破裂一歩手前なのだ。

窒息しかけの人間が息を吸うように、男は祭壇のキリスト像を見上げると、膝を強くつき直し、姿勢を正し、歯を食いしばり、死に物狂いの形相で、時おりうつろな目を見開いて神に祈りを捧げている。彼が自分の罪を必死に懺悔していることは了然としている。懺悔の内容はきっと刻々と変わるのだろう。この礼拝堂に僕たちがいることにさえ気づいている様子はない。人を殺してきたのだろうか。父と子と聖霊の御名によって？　ほんのついさっき？

もう男をそっとしておこうと思って、というかこっちの息が詰まりそうだったので、聖堂から外へ出てみると、教会の外の階段では、秋の最後の日差しの下に座り込んだ片足のない第三の男が、前方を睨めつけながら薄笑いを浮かべていた。よく見ると、彼は悩ましげに口を引きつらせているだけで、笑ってなんかいなかった。葉菜ちゃんも黙ったままだった。階段に座った彼の前方はただの中空のように開けっぴろげのままであったし、前方に顔を向けているだけでおそらく何も見ていなかった。たぶん目が見えないのだ。足萎えと盲目の境界線は晩秋の弱い日の光に溶けたりはしない。
松葉杖が無造作に階段の下に投げ出されてあった。かなり強い風がここからは見えない木の葉を揺らし、楓の枯葉を吹き飛ばし、彼の頭上にそれを巻き上げていた。ここには衒いを感じさせるものなど何もない。「私は君の扉の下で眠る、風は立ったまま眠る」と前におじさんが言っていた。第三の男は眠たくて仕方がなかったのだ。

十一月その三日後

おじさんが居間で新聞を読んでいた。この前の教会での情景があまりに衝撃的だったので、おじさんに見たとおり話をした。おじさんは黙って聞いていたが、今日、手記を覗くと僕の話したやくざのことが出ていたので、引用しよう。

……醜悪な老人が、八十八歳まで生きてしまったかつては美人だった妻を厭わしく思いながら、二十八歳の若い娘に恋心を抱き、彼女が落とした手帖を盗み見たりする。川端康成の小説にあるように、眠れる美女を覗く薄汚い老人とさして違いはない。こういう老人は野分の風が吹く夜道などでいきなり女の肩をつかんだりするが、そんな元気があろうと、そのためには自らが老人になっていなければならず、人生はままならないものである。生きている人間はこうしてしばし悲劇のなかにいることを忘れるのだ。

こんな見苦しい老人に比べれば、教会で必死に祈りを捧げるやくざは、非凡なフィルムそのものである。かつて悪が為された。悪はどこにあるのか。事はこのやくざの人生全体に関わるのではなく、誰も見ていない一瞬を映し出した映像、その姿そのものの真実なのである。世迷言のようにしみったれた空間を領するものなどそこには何ひとつ見つからない。それは精神すらお払い箱にする真実だ。そして俺たち自身も、たとえ皮膚病の犬みたいに世界の片隅をうろついているとしても、そのことを神に感謝しなければならないのだろう。俺はまだ人を殺したことがないからだ。俺だって老醜をさらすかもしれない。うちのじいさんだってすでに同じ穴のムジナだ。そのことを怖れねばならない。

十一月末日

昨日の京都。仕事帰りに京都での用事が済んだので、ビールを一杯ひっかけた後すぐに帰ろうと思って駅まで行った。ところが人身事故があって電車が止まってしまい、阪急電車を諦め、JRまで行くためにタクシーを拾った。最近、頻発する人身事故。昨日買い物をしたが、何を買ったか覚えていない。理由もなくどこかの誰かに贈り物がしたいと思うことがある。急な雨。外は湿気で窒息しそうだ。途中で車窓からちらっと見えた雨のそぼ降る東山、松原通り。自殺した昔の友人たちの元気な顔がなぜか脳裡に浮かんだ。川の気配はない。波もなく、押し寄せる官能もない。

でも霧雨に霞む鴨川はほんのすぐそばを流れている。橋の下を川が流れる。僕の歳月が流れることはない。近眼の僕の視界は悪い。くすんだ景色を見ると、胸が痛くなる。何年か前、彼女と毎晩のように通った松原通り。思い出す。月が出ていた。松原橋の上に。冥途はすぐそばだ。橋の西はかつての青線地帯。その向こうには寂れた赤線跡。タクシーはかつての五条楽園の東側を通る。鬼が出没した河原院があったあたり。あの橋はあまりに遠く、近づけば近づくほど遠のくばかりだ。いつかまた橋を東山に向かって渡ることができるだろうか。僕は心臓病を患っている。風が吹くと胸には小さな穴が開く。ぼろぼろの血管はただのああ無情で、化楽天の祟りかもしれない。だけど、ひとりっきりでもいい、橋の向こうに続く、昼間でも幽霊たちが行き交うあの懐かしい道をもう一度歩いてみたい。

十二月初日

最近、おじさんは家にいないので、ご飯を作っていない。おじいさんは外で食べてくることが多い。よくそんな元気があるなあと思う。久しぶりに見たおじさんの手記より。

目の前に知り合いの元革命家がいるところを想像してみる。雨が降っている。それなりに鬱陶しい、静かな夕食になるだろう。でも互いにとって辛辣で込み入った話はすぐに済ませて、薄味すぎる感のある台湾料理でも食ったら、小雨のなかを二人で少し歩いて別の静かなバーにでも行くことにする。彼はきっと酒が飲めないだろう。生まれつきの下戸なのだ。飲んでいるのは俺のほうである。バーには音楽はかかっていない。上部構造も形而上下もない。他に客もいない。彼は何といっても手練(てだ)れの革命家だったのだから、今もあり得たかもしれない革命の外で持ち堪えているのがわかる。

もう話すことは何もない。じゃあ、またな。彼は雨に濡れた舗道を遠ざかり、彼のレインコートの下から白いズボンがのぞいているのが見える。俺は念ずる。遠景のなかで、彼の頭のあたりがもやもやしているのが見えたりしないように、と。

《アロンは言った、「わが主よ、激しく怒らないでください。あなたはこの民のことを知っています。そう、この民は悪のなかにいます」。彼らは私に言います、「俺たちの前を行っていた神々を我々に造ってくれ。俺たちをエジプトの地から脱出させた人、そう、あのモーセが神をどうしたのか知らなかったのだ」》（「出エジプト記」第三十二章）

十二月某日

おじさんが僕に言ったことがある、「学生運動が激化した後、そのために大勢が死ぬことになったが、テロの泥沼にはまり込んだ国を知っているか。ドイツ、イタリア、日本だよ。学生と労働者の反乱は世界中でほぼ同時に起こったのに他の国ではそうならなかった。奇しくも、この三国はかつての日独伊三国同盟さ。これは何かの計らいによるものなのか。ヒトラーのドイツ、ムッソリーニのイタリア、東條の日本帝国。三国とも、俺たちの祖父や親父たちがファシストだった国なんだよ」

十二月某日

ちょうどおじさんが死刑囚の獄中ノートの写しを見せてくれたところだった。どうしておじさんがこのようなものを持っているのか僕は知らない。僕は恐る恐る頁を捲った。獄中俳句が載っていた。俳句に慣れていないので僕にはよくわからない。

彼は仲間とともに爆弾闘争を決行し、軍事産業企業のビルを爆破したのだった。おじさんのかつての彼女が勤めていた企業だった。おじさんも公安警察に尋問されたらしい。犠牲者も出た。武装闘争が激化した後、爆弾は多くの人の人生を狂わせた、とおじさんは言っていた。

十二月某日

この死刑囚のノートについておじさんが書いていた。先日も革命家の話が書いてあったが、おじさんが革命という言葉を口にするなんて何年ぶりだろう。おじさんは革命について考えたことがあったということだろうか。まあ、そうだろうね。僕もそれは認めるよ。おじさんの手記より。

……革命の観念が爆弾に行き着くのは偶然ではないが、繰り返された悲劇の反復であり、結果を考えればすでに愚かな失敗だったのだろう。この悲劇は古典主義の悲劇である。だがそれ自身の内容しかもたなかった歴史とは何なのか。たとえ偶然に取り巻かれていたとしても、偶然もまた強制されるものであるし、歴史自体が愚かだからである。俺はベートーヴェンの『ディアベリ変奏曲』を聴いていた頃を思い出す。いつの日か形式が崩壊する予感がしていた。以前の形式とは主観的様式であった。

死刑判決が確定した後、大道寺将司は三十年間監獄にいて、二〇一〇年に病のため死刑執行前に獄死したが、檻房で俳句を詠んでいた。

火蛾湧くや日の丸ゆるく翻り（ひるがえ）
長々と生きてさ迷ふ芒原（すすきはら）

十二月翌日

こんなことを書くのはおじさんへの皮肉じゃないし、こんな話はおじさん自身と面と向かってしたことはないのだが、おじさんは学生時代に政治に首を突っ込んでいた時期があったらしく、学校を占拠して、紛争のさなかに建造物侵入と公務執行妨害で逮捕され、高校を放校処分になったようだ。プルーストが言うように、愉しみと日々があった、とおじさんは言う。おじさんのことだから、どうせいい加減な活動家でしかなかったのだろうが、その後株で大儲けしたことを従兄から聞いて僕はとっくに知っていた。

極左暴力集団（世間ではそんな言い方をしていたらしい）と資本主義。おじさんにとってそれがひとつの出来事になってしまっていたのなら、前者は悲劇で後者は茶番、あるいはその逆に、前者は茶番、後者は悲劇だったのだろうか。

おじさんはパスカルを尊敬していたようで、お父さんが博打をやっていた賭博場を観察していたパスカル少年にならって確率計算を取り入れていたようだ。株と確率計算というのはよくわからない話だが、いずれにしろヒントは経済とは別のところからやって来たようだった。おじさんは何度か株が暴落するたびに、不正でも働いているみたいに事前に株をちゃんと処分していたようである。情熱と受難なのかな。おじさんはいつもチャートをつくって、計算を怠らなかった。

儲けたとはいえ（本当だろうか？）、それは単に結果であるし、実のところ、そもそもおじさんは株で破滅しようと思っていたのだろうか。「賭け」をやるのはパスカルの専売特許ではない、とおじさんは言っていた。まあ、僕がそんなに辛辣にならずにいてあげられるとすれば、おじさんの性格からして、そのような節がないことはないと考えられる。偶然、破滅しなかったのだ。

少しずつ増大していく配当や利子に、観葉植物に水をやるように、さも大切そうに毎日目を配りながら、自分が支えているつもりの社会のなかにいて、そこで胸を張っているつもりの人々、なかなか崩壊しない世界の崩壊を自分たちで食い止めているつもりで、めでたく悦に入っている人たちがあちこちにいるが、おじさんはそういう人たちを最も軽蔑していたはずだ。軽蔑などと言っても、それはかすれて見えなくなった墓碑銘のようなものじゃないか。彼らの社会的自負は白蟻のようなものだし、白蟻は家の屋台骨や大黒柱を食い荒らして、僕たちが知らない間に家全体を崩壊させてしまうけれど。

十二月某日

おじいさんでもおじさんでもどちらでもよかったのだが、今日、森の奥まで探しに行ったけれど、二人とも見つからなかった。もちろん嘘の上塗りみたいな哀しいフローズン・ダイキリのキューバ製グラスなんか落ちていなかったし、焼酎の瓶も転がっていなかった。ゴザすらなかった。仙人草が枯れ、西の空が暮れなずみ、一瞬で変転する空に舞い上がる鴉（からす）が凶々（まがまが）しくも見える薔薇色（ばらいろ）の雲の端に染みをつくっていた。もう飽きてしまって、おじいさんもおじさんも森には来ていないのかもしれない。この世に異景などない。

特におじいさんの姿を長いこと見ていない。この前、居間で鉢合わせになったとき、おじいさんは江戸時代のデカダンな漢詩人であるらしい柏木如亭（じょてい）とかいう人の漢詩について何やらもぐもぐ言っていたが、何のことかわからなかったし、僕は天女の絵を映したテレビを見ていたので、無視したのがいけなかったのかもしれない。僕にもわかっているよ、両方に言葉があることくらい。その後、おじいさんは雨でなぎ倒された庭の鶏頭をこれでもかと踏んづけていた。それを見て、天女の股に風が吹き抜けるように僕の心がやにわに痛んだ。柏木如亭は漢詩だし、もちろん読んだことがないし、文学でも何でも自分の知らない話をすることなど僕にはできない。

十二月某日

今日盗み見たおじさんの手記より。

昨日、怪優クラウス・キンスキーが夢に出てきた。俺は吸血鬼のクラウスが好きだった。破れた白いシャツから血のついた腕がのぞいていたので、赤チン持ってきてやるよ、と言ったら、赤チンって何だよ、と言うので、どうやって英語で説明したらいいのか、考えあぐねたところで目が覚めた。クラウスと比べなくとも、俺は君たちが嫌いだと改めて思う。おまけにそこは友だちの住まいのすぐそばで、俺は渋谷道玄坂の名曲喫茶ライオンの前に立っていた。外までブルックナーっぽい、俺の好みではない交響曲が切れ切れに聞こえていた。着ている服からどうやら世界は冬を迎えているようだったが、天橋立を股座(またぐら)から覗いてみても、もちろんそこにモヘヤのセーターを着た娘のナスターシャもテスの逆さまの姿もなかった。

　音楽を聴いていたころ、昔の話だが、まだ現代音楽のレコードは手に入りにくかった。誰かの情報でシェーンベルクの『月に憑(つ)かれたピエロ』の古い演奏がライオンにあることがわかったので、友人と二人で聞きに行ったことがあった。コーヒーを飲んで、煙草を吸ってから、隠れてカセットに録音するためだった。

　ライオンの薄暗い店内に『月に憑かれたピエロ』の頓珍漢(とんちんかん)な歌が鳴り響いていた。女性の歌声は上から下へ落下してはまた上昇した。下のほうでは小さなつむじ風のような混乱が起きていた。天井に星が見えたような気がした。俺の頭も完全なるピエロ状態だったが、裸のラリーズを隠し録りするのもシェーンベルクも結局おんなじことだった。

　こちらは夢の話ではない。

　この手記には驚いた。おじさんが名曲喫茶にクラシック音楽を聴きに行っていたなんて青天の霹靂(へきれき)だ。おじさんは今は音楽をまったく聞かない。僕が居間でCDをかけていたりすると、通りすがりに何も言わずに消したりする。ほんとに嫌な奴だ。頭にくる。

十二月の次の日

おじいさんが家に帰っていた。どこへ行っていたかなどと僕は絶対に尋ねたりしない。僕は預言者にも辻占にもならない。おじいさんの「脱腸亭日乗」、頁が破ってある次の頁より。

昨日、裏の坊主がいきなりずかずかとやってきて、うちの新しいお堂がどうたら、知り合いの金持ちの外国人がどうたら、メルセデスのスポーツタイプがどうたら、くだらない自慢話ばかりするので、えっ、仏教が聞いて呆れる、わしは乞食坊主すら敬遠する東北の山奥の破れ寺みたいな本地垂迹(ほんじすいじゃく)しか認めないのじゃ、お前ら、何百年のあいだ思想家の一人も出ておらんじゃないか、と言うと、怒って帰り際に、縁側でわしが食っていた食べかけのうなどんをひっくり返しやがった。

うなぎが砂まみれになったので、庭の手水(ちょうず)で洗っていたら、行方不明だったむく犬がたしかに蹲踞(つくばい)の向こうからだったと思うのだが、突然現れて、わしのうなぎをパクリとやりやがった。嬉しいような、悲しいような、神妙な気分になったのであるが、のう、お前、どこへ行っていたんだ、と思わず呟いて振り向いてみると、むく犬はただの庭石であった。むく犬はやはりどこかへ行ってしまったのである。しかしそれにしてももうなぎが消えたのは珍妙である。奈良漬けもご飯も手品のように消えていたのであった。

少しおじいさんが哀れに思えた。確かにあのむく犬は可愛いやつだった。犬のくせに、猫みたいにいつもおじいさんの膝の上で眠りこけていた。

十二月のまた次の日

再びおじいさんの「脱腸亭日乗」より。あの歳で、ほんとうに山登りをしたのだろうか。でもおにぎりを作ったのは僕だから、そうなのかもしれない。おじいさんはとにかく元気だ。

今日は森に行くのをよして、足腰を鍛えんかな、幽天の下、満を持して、五助ダムまで川を遡ることにしたのであった。小さな砂防ダムで、山登りの人もめったに通ることはない。右手に二、三基の崩れかかった古い墓を見下ろしながら、息はとうに切れておったが、わしは谷合に入っていった。この世にあって、忘れられた墓ほど墓らしいものはない。

そろそろ匍匐（ほふく）前進または五体投地の限界が近づいてきたので、わしは小川の水辺の巨岩に腰かけて、腰にぶら下げてきた特大のおにぎりを食べることにしたのであった。わしの姿は絵に描いたようであったろう。山の川畔（かわばた）のおじいさん。そのような日本画を見たことがある。あたりは、川音が聞こえるだけで、身を切るほど静かなところである。他には鳥のちっちっと鳴く声だけが申し訳程度にあちらのほうでしておるだけであった。静けさがわしを安堵させておった。

わしが沢庵を一切れつまんで、おにぎりを食べようとしたそのときであった。後ろから誰かに背中をぽかんとはたかれたのである。特大のおにぎりと沢庵は世にも美しい抛物線（ほうぶつせん）を描きながら水のなかへと落ちていった。わしはそれを茫然と見送った。振り返ってみても人っ子ひとりおらんかった。わしの周りで寒空がぐるっと回転した。ぽちゃんと悲しい水音を残しながらも、水は澄んだままであった。

わしは川を長いこと見つめておった。いつの間にか時間が経っておった。暮れなずむ空に一番星が瞬き始めておるのが見えた。星々は次々に現れ、増えていった。満天の星の下、おにぎりがなくなったので、そそくさと暗い山道を下山することにしたのであった。

ここでわしが刮目（かつもく）して読んだ北海道芦別の俳人西川徹郎氏の俳句をひとつ引用しておこう。

剃髪前夜河童（かっぱ）の皿の星数え

十二月某日

おじいさんが浄土真宗の僧侶でもある（おじさんがそう言っていた）西川徹郎さんの俳句を引用していたので、へえと思った。おじいさんが俳句に興味がある気色はないので、きっとおじさんが読んでいる句集をたまたま覗き見したのだろう。それともおじいさんも僕のようにおじさんの手記を盗み読みしているのだろうか。この家には、人の書いたものや読んでいるものを盗み見る人が何人もいる。この日誌に高度成長期はない。新しい秘密の対話の形がそこにあると言えばたぶん言いすぎだろうな。

十二月某日

十二月は日記ばやりだな。ここのところ僕の日誌の頁が増えている。
黄ばんでぼろぼろになった昔の日記帳が出てきたので、ぱらぱら捲っていたら、こんなのがあった。

雨が蕭々(しょうしょう)と降っている。僕は何か間違ったのか……。

お天気がよければ、長屋の中庭の枇杷(びわ)の木にするすると登る二つ年上のお姉さん。少女は木から降りると汚れた板塀にもたれて、三つ編みをいじってぼんやり僕を見ている。僕も彼女も笑っている。二人並んで舌を出す。

二つ年下の少女。何年かのちの別の日の夕方。木造校舎の階段。みんな帰ってしまって誰もいない。少女は階段に座って僕の目を覗き込み、頬を紅潮させた。逆光の夕日が目玉だらけになった彼女の顔を燃え上がらせた。

僕は殊勝らしく何を思い出していたのだろう。人生の後ろ向きの予習をしていたのだろうか。予習は予習でしかないじゃないか。「未来の死者たちの時空を予習する」というタイトルで新聞にエッセーが載っていた。未来の死者たちの時空はこの予習のなかにもあるのだろうが、死者たちの時空など結局誰も見たことがないじゃないか。未来の死者たちなら尚更（なおさら）だ。日記でも何でも何かを書くことは予習することではないと思う。適当なことを書いて、いい加減なことばっかり言っている作家や評論家がわんさかいる、読者である俺にもそれは先刻お見通しだ、とおじさんは言っていた。ということはもう全員の死期がそろそろ近いということか。誰の？　パンデミック、つまり「すべての民衆に関わる事態」だってあるのだろうし、個人的には突然死ということもあるにはあるなあ。

十二月某日

久方ぶりのおじさんの手記より。おじさんは東京に行っていたようだ。この前も昔の新宿高校のことや溜まり場だった新宿の風月堂の話を独り言のようにしていた。

気がついてみると、歩行者天国を歩く人がまったく見当たらない日になっていた。まるでパンデミックの日のようであった。無人の歩行者天国。林檎（りんご）の木はない。万有引力の法則を発見するために、ニュートンはペストを逃れて田舎に引きこもったのであった。ペストは十四世紀に一億人の人々を殺したが、ニュートンの時代になっても猖獗を極めていたのである。黴菌を射るために流鏑馬の真似をしようとして、矢を射る恰好で、歩道の鶏頭の花を踏んづけてしまう。

高田馬場にある旭日旗居酒屋の前を足早に通り過ぎ、舞踏家室伏鴻記録保管所にて、蕎麦をすすりもってこれを記す。出前を頼んだ。かつて室伏の動かぬ肉体は、激しい唐突な動きの後、ブロンズ像のようなものへと変化した。室伏の肉体は大野一雄のそれのようにゴヤの描いた幽霊ではなく、エクリチュール（筆跡）である。われわれはユーゲント・シユティールから遠くにいる。本日、富士山見えず。

十二月大晦日

仕事疲れで眠かったが、欠伸をしながらたまたま読んでしまった数日前のおじさんの手記より。ここに出てくる金時亭というお店には僕も行ったことがある。だからといって、この感想は反対方向になされねばならないのではないか。僕は最初の読者なのだから、僕のほうが先だ。読んだ者勝ちだ。鶏と卵。でも僕は早く寝るから、こんな人が家に来たのは知らなかった。

久しぶりに金時亭の暖簾をくぐって、壁のお品書きをきょろきょろ見回していたら、奥のほうに鏑木如才がいるのが見えた。

「よっ、カブラギ、久しぶり」

「あいよ、お銚子ね」

「姐(ねえ)さん、違う、俺はあいつに呼びかけたんだけど」

「あの人、呼んでも起きないわよ、もう小一時間は眠ったままなのよ」

　小股の切れ上がった元気な姐さんはとてもいい女だったが、そう言いながら肩をすとんと落として微笑(ほほえ)んだ。

　見ると鏑木は左手にお猪口(ちょこ)を握って、背筋をぴんと伸ばしたまま眠っている。この男は詩人という触れ込みだったが、知り合いの誰もやっこさんの詩を見たことがない。きゃつは薄目をあけて眠っているのである。瞼(まぶた)から透けて見える目玉がただの節穴のようで気味が悪い。そう、そう、節穴を覗いてみるとたいてい地獄が見えたではないか。左肩のあたりが傾いてぼやけているので尚更気味が悪い。

「あいよ、カラハシ鍋ね」

「えっ？」

　なんじゃそれ。頼んでもいないのに、お銚子と鍋が出てきた。まあいいや。どのみち、隣のお嬢さんのように何にしようかぐずぐずと決めかねているところであった。

　一口食べると、灰の味がしてまずいことこの上ない。なんじゃやこれ。カラハシ鍋だって？　酒を二合飲んで、早々に店を後にした。居眠りの鏑木は同じ姿勢を保ったままだった。

通りに電動人力車が止まっていた。

「おい、あんちゃん、雲地までやって！」

車夫の野郎は若い兄ちゃんで、逆さになってサイコロを振りすぎたみたいな、ただの筒のような雲助で、ずっとにやにやしている。サイコロはどこかへころころと転がる運命にあるし、畳の端のあたりで見えなくなってしまうに決まっている。

「そんなににやにやして、なんかいいことでもあったのかい？」

俺が言った。

「いやあ、お客さんの顔が二重に見えてね、さっきからおかしくって、その顔」

なんだ、失礼な野郎だな、俺は上客だというのになんて奴だ、と憤慨する間もなく、雨がざあーっと降ってきた。

家に着いて玄関を開けると、びしょ濡れの鏑木が上がり框（かまち）の上に座っていた。やっこさんは黙ったままだ。あたりまえだが、目は覚ましている。

どういうことだろうかと思って、しばらくぼんやり鏑木を眺めていたら、やにわにやっこさんが口を開いた。

「泊めてもらえないだろうか」

「いいよ、二階に上がれよ、しこたま飲んでるんだろ、すぐ布団を敷いてやるから」

ピンク色の洋服が雨でずくずくだったので、浴衣を貸してやった。


翌朝はいい天気だった。昨日の雨で庭の鶏頭が踏んづけられたように倒れていた。鏑木は消えていた。布団も敷いたままになっている。寝た形跡はない。枕元にはもうすでに乾いているらしいピンクの上下がきちんと畳んで置いてあった。

鏑木は浴衣のまま雨のなかをどこかへ行ったのであろうか。ピンクの上下からは雨が降った後の土埃の臭いがしていた。黴（かび）の菌糸の臭いである。気味が悪いので、こいつを捨ててしまおうかと考えあぐねているところである。

二〇一八年正月三カ日

自殺したフランスのシュルレアリストだったルネ・クルヴェルという人の本のタイトルに『僕の肉体と僕』というのがある、とおじさんが言っていたが、「僕」と「僕の肉体」はそもそも分離しているらしい。僕の肉体の沈黙に厳正さはないんだな。暮れも押し迫った数日前、おじさんが久しぶりに帰ってきて、いきなり僕にこんなことを言った。

「肉体が俺の足を引っ張って邪魔をしやがる、俺の肉体がな！　こんなんじゃ、自分で自分を埋葬しなきゃならなくなるわ」

去年のおじさんの振舞いは傍若無人を通り越して、半狂乱に近いものだった。森のなかや、小川のそばや、掘っ立て小屋のなかでひとりで暴れているのが、ありありとわかる日が何度もあった。人に喧嘩を売ったり、知人の窓の網戸を破って警察沙汰にもなったし、彼の友人と称する人からもうつき合えないと苦情の電話をもらったこともある。おじさんはノー・フューチャーである。おじさんはいつまでたっても不勉強だし、勉強の成果がないのだ。ここには語り手などいない。おじさんは語り手がいるとまだ思っている。いくら酔っ払っても、記憶がなくなっても、そうだとしても、人の子なのだから、今は少しは反省しているかもしれない。そうであることを僕はおじさんのために陰ながら祈っている。ドゥイノの愛か？　これもおじさんの口癖だ。行った年のことを思い出して、不愉快な気分になったので、新年はお雑煮を作らなかった。

一月某日

元旦に、風邪をこじらせ、その後もぐずぐず寝てばかりいたら、さっき変な物音がした。見に行ってみると、おじいさんもおじさんも姿が消えていたので、玄関に出てみた。誰が活けたのか水仙の花がまたしても花瓶に挿してあった。絵葉書が地べたに落ちていた。年賀状だろうか。スペインの画家ゴヤの「裸のマハ」の古い絵葉書で、表に「亀」とだけ書いてあった。あとは宛先も名前も何にもなし。おじいさんか隣の和尚の仕業(しわざ)かもしれない。ぴくぴく痙攣(けいれん)するように僕の眉がひそめられる。そういえば、おじさんによると、空から降ってきた亀が頭に当たって死んだ古代ギリシア人がいたらしいが、彼は三大悲劇詩人の一人だったそうだ。でも何なのだろう、亀って？　亀の消息？　気味が悪いので、絵葉書はゴミ箱に捨てた。どこかの土手に赤松が黒い影を落としているのが見えるようだった。やあ、亀鳴くや……。

　今日は春が来たような陽気で、縁側に出て、うつらうつら日向ぼっこをして過ごした。はっと思いたって、しばらく入ることもなかった仏間に行ってみると、仏壇の抽斗(ひきだし)に隠しておいた阿片がなくなっていた。

一月翌日

おじさんの手記より。

　下手な一句を思いついた。シロウトが破格を書くのはとても難しいが、破格俳句に惹(ひ)かれる今日このごろである。さらなる破格俳句のリズムは他の文章のリズムとは異次元にある。それでいてひとつのまとまりのなかに収まっている。十七文字を超えたとしても十七文字である。人物は消え、嘱目(しょくもく)が絶えて感興が途切れるとも、これまた肉体のリズムだったり、肉を纏った骸骨のリズムだったりするのだろうか。この骸骨はやはり彼の見た遍在する風景のなかに佇んでいる。

仏壇の抽斗や阿片が勝手に灰となり

えっ？　仏壇の抽斗から阿片がなくなるのは、やっぱりおじさんの仕業だったということなのだろうか。なんて奴だ！　阿片が灰になってなくなってしまうのは阿片にとっては自由になることなのだろうか。阿片自体に記憶はあるのだろうか。阿片を吸うことが記憶を編集することであるとすれば（おじさんならきっとそう言うだろう）、そういうことなのかもしれないと思うことにする。お米もなくなったので、買いに行かなければならない。

二月某日

おじいさんが雪のなかに倒れているという連絡が入ったのは昨日の夕方だった。町中には降っていなかったけれど、山の森はすっかり雪化粧だったのだろう。ここから見える山の尾根は珍しく白い帯をつけていた。大騒ぎになっているとのことだった。電話で連絡をくれたのはおじいさんの古い学友と称するよぼよぼの爺さんで、入れ歯がはずれ気味で何を言っているのかよく聞き取れなかったが、結局誰なのかわからなかった。

隣の和尚の運転で森まで急いで駆けつけた。行ってみると、救急隊はおろか、誰もいないばかりか、おじいさんもいなかった。手前の雑草が一メートル四方刈られていた。訳もなく季節が巡ったのだと思った。草の枯れた匂いがしていて、母が死んだ日の朝を思い出した。あたりをそれとなく窺（うかが）っても、何の気配もなかったのに、一緒に連れていった近所の柴犬が森の奥のほうに向かってしきりに吠えていた。でももう僕の知ったことではない。またか！　いつものことなので道端に唾を吐きながらそのまますぐに歩いて帰った。隣の和尚もかんかんになっていたが、僕はこいつが嫌いなのでそこにうっちゃっておいた。

それでも夜になり、どうも気になるので、玄関に出てみたら、しめ縄が落ちていた。おじいさんの仕業に間違いない。しめ縄は山形の注連寺で買ったのだとおじいさんが以前に言っていたが、喪中であろうと何があろうと、おかまいなしにおじいさんが軒に三つぶら下げていたうちのひとつだった。しめ縄はいつもあの辻で風に揺れていた、と新聞の文化欄にあった。その四辻には縦の道がなくなっていたのだ、と。きっとあの山門がふさいだのだ。山門の前では、見られながらにして見ているものなど幽霊ですらいなかった。

二月翌日

おじいさんのことを考えると、温厚な僕でもだんだん腹が立ってきた。それで日が暮れてから憂さ晴らしに久しぶりにクラブへ踊りに行った。毎日西日をまともに受けているような顔をした麻薬の売人らしき貧相な男がしきりに秋波を送っていたが、どうせチープなやつか、薄めたまがい物しか持っていないだろうし、無視した。葉菜ちゃんや大川君やマリアちゃんや石崎さんや麻人君や番長たちが爆音のなかで誕生パーティーをやっていた。ＥＰ－４の昔の録音が大音量で鳴っていた。店の奥で知らない奴が喧嘩をおっぱじめた。しょぼい言い合い。この場合、ＤＪはいらない。

彼らには偶然そこで会った。この瞬間、きっと「出来事」は世界中で起きているのだろう。この深夜、何かが起こったのであれば、それは起きたはずなのだが、ここでは出来事は起きていない気がする。僕がいるところでは出来事は起きないのだろうか。それでここでもどこでももう永久に出来事などというものは起こり得ない感じがして、寂しい気持ちに襲われる。

誕生が不都合だったあまり、みんなそれを長閑（のどか）に祝っている、とおじさんはいつも言う。おめでとう！　えっ、何が？　ありがとう！　不都合さを讃えよう。それでいいじゃないか。朝まだき、クラブを出て、背中がビリビリに破けたカシミヤのセーターを道端に捨ててきた。惜しくなったので、明日お天気がよければ拾いに行ってみようと思う。

それまではマシュマロを火鉢で焼くことにする。仏壇の抽斗が気になるが、そのことはなるべく考えないようにしている。

三月某日

向こう隣のフィーフィーが留守にするから猫の面倒を見て欲しいと言ってきたので、ご飯をあげに行った。とても寒い日だったので、家に入ると、二匹の黒猫がちゃんと自分で毛布にくるまってじっとこちらを睨んでいた。外は雨だった。今にも雪になりそうだった。猫たちが俺にこう言うのが聞こえたよ、とおじさんが前に言っていたが、僕にも何となくわかる気がする。

「いま布団にくるまっている僕たちは、まったく同じ目をして、いつものように黙ったまま、まったく同じ姿勢で、かつて布団にくるまっていたし、今もくるまっているし、未来永劫、布団にくるまっているだろう、お前にわかるかな、革命家ルイ・オーギュスト・ブランキが幽閉された断崖絶壁の牢獄要塞の天井を通して見えない満天の星空をいつも見上げていたように、こうしている僕たちにも過去から未来まで壁の向こうが見えるんだよ、それも同じ姿のままで。これが僕たちの幸福さ」

三月末日

フィーフィーから芥川龍之介と内田百閒をモデルにした短篇小説を貸してやるからおじさんに渡してくれと言われていたので、おじさんに見せようと思ったら、さっきまでいたのに、家のどこを探しても春の雲雀(ひばり)のように姿かたちがなかった。時々小さなおじさんになって隠れている気配がしないこともないので、仏壇の抽斗のなかまで見てみたのだが、どの抽斗もやはり空っぽで、今日は違った。こんなことでは、どこかの女の夢のなかに紛れ込んだとしてもどうなるものでもない、とおじさんなら自分で言うだろう。

山のほうがぼんやり光っているのが窓から見えた。山の匂いも濃くなった。この場違いな明け方のような光はどこから射しているのだろうか。太陽はもうすっかり山の向こうに隠れてしまっている。ぽつりと星がある。「青じろい骸骨星座のよあけがた」という宮沢賢治の詩の言葉を思い出した。子供の頃、母に「ぬすびと」という詩を教えてもらったので、理解できないまま覚えていたものだ。

青じろい骸骨星座、ぎくしゃくとした形、欠けてしまった星座、まだ星がほんの少し見えている夜明け方。星の光は過去の光である、とおじさんは言う。過去は動き、歳月を追い越してここまで届いているのだ、と。この光には自戒など含まれず、もっと壮麗な無の恐ろしさがあるのだ、とおじさんは言っていた。

普通は気にとめたこともない光源は、あの黎明の最初の光の一点を隠してしまう朧（おぼろ）な光以外にどこかにあるのだろうか。消えゆく人体星座の光だろうか。人が星座に張りついているのだ。絵のなかに描かれた盗っ人の顔を照らしていたようなぼんやりとした光源、とおじさんの手記にあった……。

ところで、仏壇の抽斗に新たにしまっておいた阿片はまたなくなっていた。僕は吸っていない。

四月初日

今日から四月。四月は僕の誕生月だが、三月のお彼岸あたりから毎年頭の調子が悪くなる。♪桜が咲く頃、キ印巷（ちまた）に溢れる……。新聞を読もうと思っても、一行も読めない。腰もひどい状態になることがあるので、気をつけなければならない。普段着で近所をうろつくように、これが何年も続いている。仕事にも行けなくなる日がある。知っていたはずのことが無駄になってしまうみたいに思う。

十代の半ば頃は、この時期になると、家に帰ることすらできなかった。夜どおし歩き続け、夜が沈殿したぶ厚い澱のなかを彷徨（さまよ）い続けた。暗がりのなかに菖蒲（あやめ）が咲き始めているのが見えていた。菖蒲は闇のなかで不気味なほど生き生きと青く、夜空は暗く、どの道も遠く、川面を吹き渡る風はまだ冷たかったけれど、僕はほうぼうをずっと歩きどおしだった。何を想うでもなく、誰も経験したことのないようなどんな奇態なことが起ころうとも、時間の経過があまりにもどかしかった。まだ生きていやがる！　僕はすでに歩きすぎていた。

四月某日

久しぶりのおじさんの手記より。また東京に行っていたらしい。何をしに行っているのか僕は知らない。昔住んでいたから、懐かしいのかもしれないな。どうせ差し迫った用事があるわけではないだろう。

高田馬場近くの舞踏家室伏鴻の新宅で蕎麦を食いながら、フランスの詩人・俳優であるアントナン・アルトーについて教授の話を聞いていたら、ポケットからプシュッという音がして、焦げ臭いにおいが立ちこめた。

教授が舞踏家である室伏のデスマスクを指差して言った。

「世界はこんなふうに裏返しにされて、裏、あるいは裏のまた裏、つまり別の表というものを見せるときがあります、しかしこれはまぎれもない隠れた現実の一面、白日のもとにある隠された面、実在の裏の表の面、つまり不可能な表面でもあるのです」

と俺に言った。

なるほどそうである。手袋のように世界が裏返るのであれば、この手袋は鏡に映った像のようにある意味でどこにも存在し得ないものなのだから仮象ではあるが、鏡に映っている限り、裏返ったままであっても手袋は現にこちら側にあるのだ。

その後、数人でぶらぶらと夜道を神楽坂のバーまで歩いて行った。気持ちのいい夜だった。三日月が坂の上に出ていた。バーに入り、カウンターの隣の紳士に挨拶しようと思って握手の手を差し出し顔をあげてよく見たら、金髪の外国人女性だったので、思わず下を向いたが、間がもたないので煙草を取ろうとポケットのなかを為すすべもなく探った。再びよく見てみると女性はカウンターで熟睡していたし、ポケットのなかには捨てたはずの昨日拾った貝殻があるだけだった。年配の金髪女性はとまり木の上の剝製の鳥のように見えた。

ホテルに帰って昼前に眼を覚ますと、タンジェのモロッコ人に変装したミュージシャンの山崎春美が同じベッドでいびきをかいていた。

ずいぶん昔の話で恐縮だが、きゃつとは高校が同じで、俺の後輩である。

以前きゃつに言ったことがある、

「お前、俺と同じ高校だったなんて、恥ずかしいから人に言うなよ」

「その台詞（せりふ）、芥川の小説にありましたよね」

「そんなもんないよ」

その日も土砂降りの雨であった。庭の鶏頭が倒れていた。

五月某日

Plus j'écris, plus je vois, dit Socrate. Or c'est un mensonge. Donc je n'ai rien vu.

おじさんが帰ってきて、下手くそな片言のフランス語をこれ聞こえよがしに呟いていた。おじさんはフランス語ができないし、シャンソンでも歌っているつもりなのかと思った。友だちの翻訳家に教えてもらったのだろう。訳してと言ったら、三段論法だよ、とおじさんは言った。突然、玄関の戸がぴしゃりと閉まる音が聞こえた。お味噌汁の匂いが漂ってきた。
「書けば書くほど、僕には見えてくる、とソクラテスは言った。しかるにこれは嘘である（ソクラテスは何も書いていないらしい）。故に私は何も見なかった」ソクラテスという人が何かを書いていたとしても、同じことだったろう。

おじさんは何をしているのか働いている様子もなく、ぶらぶらしているようにしか見えないのだが、時おり小金を持っていて、駅前でばったり会ったりすると、気前よく立ち飲み屋（！）でおごってくれる。彼のために救われたような気持ちになるが、ご機嫌すぎる世界の七不思議のひとつである。そんな日には隣の家の風鈴がむやみに鳴るのが聞こえたりする。森のほうから風が唸る音が聞こえたりする。おじさんはものすごく上等な生地だと一目でわかるストライプ柄の茶色の三つ揃いのイタリア製スーツを着ていたりするけれど、チンピラにしか見えない。いや、チンピラですらない。ズボンのお尻には穴があいているのだから。

また森に行ってくる、などと言っているので、最近はやけに暑いし、森なんかとっくに消えてしまったよ、と言ったら、お前は何もわかってない、という返事だった。無意識のなせる業なんかじゃない、俺は百合が好きだから山百合を摘みに行くんだ、あれが初夏のささやかな悦びなんだ、おまえにはわからねえだろうな、もうすぐ夏が来るんだよ、といつもの捨て台詞を吐くのだけれど、山百合を摘んできてくれたことは今まで一度としてない。やったことやらなかったことがある。おじさんにとってはそうでも、僕にとっては同じ重みではない。

六月某日

今日は魚崎の濱田酒房という酒屋兼居酒屋から昼間におじさんが帰って、また意味不明の独り言を喋っていた。

「逆髪(さかがみ)が溶けたアイスクリームで口のまわりをべとべとにしたまま眠っていた、この暑さじゃ仕方がねえ、蟬丸を探して散り残った幽霊の枯れ尾花に姿を変えた梅の木はばっさり伐り倒されてしまったし、こんな暑気じゃ、妖怪もまたあわれと言わなむでしょうが、でもそんなこともないのかな、妖怪は古いやつも新しいのも引きも切らずに時間を食っているじゃないか、だからよ、真昼間から微醺(びくん)に顔を赤らめた飲み屋のオヤジたちの間にほの見えているのは、そう、この俺に見えているのは、それかあらぬか、何か知らぬが、まあそんなことはどうでもいいんだけど、気がふれたのは逆髪ではなく裏の坊主よ!」

蟬丸! 逆髪というのは、蟬丸の姉さんらしい。気がふれていたそうであるが、さあ、それはどうだったのだろう。小学校の教科書に蟬丸の絵が載っていた。蟬丸は僕の小学生時代のアイドルだった。蟬丸の挿絵があんまり気に入っていたので、蓑帽子(みのぼうし)のようなものをかぶった蟬丸の肖像画に鉛筆でいつも落書きした。蟬丸は、僕が小学生のときに聴いていたローリング・ストーンズのベガーズ・バンケットの一員だったとしても違和感はない。落書きしすぎて、絵が消えてしまったばかりか、教科書の紙も破れてしまった。

　これやこの行くも帰るも別れては知るも知らぬも逢坂の関

教科書に載っていたこのチャーミングな歌には笑ってしまう。昔、お正月になると僕はいつもにこにこしていた。百人一首もあったたし、そばに蟬丸がいたからだ。お雑煮が食べたくなった。

六月翌日

おじさんの手記より。蟬丸のことが書いてあるのを見つけた。

……蟬丸もそうであるが、芭蕉の弟子だった江戸時代の俳人・乞食路通(ろつう)はビートニクである。蕪村だって一茶だってそんな感じのときがあったかもしれない。

和歌とは違って、天皇の世と天皇制の隠然たる力も俳句には及ぶことができなかったということなのか。俳句、そしてビート文学。楽しいテーマである。この十七文字の最小世界がいいのは、すべてが省略のほうへ向かうからだ。世界は省略で出来ている。それ以前に説明すべきことなど何もない、という確信はひとつの新しい詩情を生み出しさえする。徒手空拳で空気をやにわに摑んだままで、間然するところがないからだ。

気儘な乞食の身空であったし、金をちょろまかしたりしたためだろうか、路通は蕉門のエリート弟子たちや、嫉妬深い金持ちの商売人の弟子たちに嫌われ、いじめられた。こいつらエリートや商売人は芭蕉のただの取り巻きで、俳壇の寄生虫であるし、恥ずべきことに才能など微塵(みじん)もなかった。奥の細道はこの路通とともに辿られるはずだったのであるが、芭蕉は取り巻きたちに翻意を促され、結局、曾良を伴うことになる。俳聖芭蕉は生涯そのことを悔やむだろう。

路通。名前からして一等ビートである。路上の俳人。お馬が通る。

路通の俳句をいくつか挙げておこう。

蜘(くも)の巣の是(これ)も散行(ちりゆく)秋のいほ

生涯はこれかや寒き頭陀袋(ずだぶくろ)

かくれ家や寝覚さらりと笹の霜

六月某日

おじいさんやおじさんが言っている裏の坊主というのは、すでに何度かこの日誌にも登場している隣の和尚のことで、とんでもない俗物だ。豆腐屋が家の前の道を通ったりすると、禿げ頭に手拭いをのっけたまま、塀からちぎれた数珠玉をこそっと投げつけたりして僕に迷惑ばかりかける人だ。この人には自然人のようなところがあるけれど、懐かしささえ誘ってしまう哀れな小悪人である。和尚よ、振り向いてはならない！　とおじさんは口癖のようにからかう。みんなが隣の和尚のことを嫌っているけれど、本人はいまだ自分にはなり切っていない風情のまま、どこ吹く風、一向に気にしている様子はない。

六月末日

仏壇の抽斗にしまってある阿片が知らない間になくなってしまうので、今日は饅頭の箱のなかに隠しておいた。おじさんは甘い物が嫌いなので、箱を開けることはきっとないだろう。でもさっき便所に行こうと思って廊下を通ると、饅頭の包み紙が落ちていた。包み紙にこんなことが鉛筆で記されていたが、読めるところはこれくらいだった。

「……でくの棒おぼつかなきを雲間より……ばっさり倒しそれかあらぬか……洩らすなよ雲い

るさねの糞しぐれ……君切り倒す去年の梅の木……」

もしかしたら饅頭の箱から阿片を盗んだのはおじいさんの仕業だったのだろうか。よくわからない。死者たちがたまに目の前をよぎるけれど、死者たちの死はどこにもない、とおじさんは言うが、阿片の消失にもこの理屈が通用するだろうか。おじさんはおじさんで、夕方またしても濱田酒房に出かけたようだ。僕の脳裡に、再び闇夜のメリケン波止場から二人を海に突き落とす麗しい映像が苦しまぎれに浮かんでいた。昨日、お雑煮を作ってひとりで食べた。

七月某日

昨日は酒もろくに飲めない僕が久しぶりに箍をはずしたために、酔っ払いすぎて寝てしまい、みんなにほっつて帰られてしまった。頭はがんがんするし、どこへ行けばいいのかわからず、暗い倉庫街をとぼとぼ歩いていた。いいぞ。知らないおばさんが三人いて、道にうずくまって密談でもしていたらさぞかし恐ろしかっただろうが、あいにく誰もいなかった。また腰を痛めていたのでよちよちだった。ぶち切れそうになっていたけれど、大声で喚くのを我慢して少し歩いていると、暗い電柱の陰に葉菜ちゃんが、もう一本先の電信柱の陰にはルリコさんが立っていて、僕の歩く姿がそんなに哀れっぽかったのか二人とも大笑いしていた。空は真っ暗だった。騒々しい人の群れがいなかったことだけが救いだった。

「何してんのよ」

「帰れない」

「どこに帰んのよ」

「おじいさんとこ」

そう言ってはみたものの、おじいさんちなんかどこにもない。それは僕の家だ。空が赤い。焼けた空が見えた。叫びなど聞こえない。ムンクの絵なんかつまらない。あんな文芸評論家に絵はわからない、とおじさんは言っていた。叫びも孤独も他者を呼び求めたりしない、あいた口から他者が飲み込まれるだけだ、と。ルリコさんはじゃあどこかへ遊びに行ってくるわと言った途端に消えていた。

葉菜ちゃんと一緒に家の前まで着くと、居間に電気がついているのが見えた。珍しくおじさんがいた。テーブルの上が切取った紙だらけになっている。

「何してるの」と僕が言った。

「切り絵だよ」

「あ、それ、僕が読んでたカトリック公教要理じゃないか、何すんだよ！」

本にはハサミが入れられてビリビリで見る影もなかった。からだが冷えていく気がした。とっさにこれはやばいと閃(ひらめ)いたので、仏壇の抽斗を急いで確かめに行った。やはり阿片はなくなっていた。

居間にとって返すと、おじさんも葉菜ちゃんの姿もなかった。部屋は暗かったけれど、サルガッソー海で乗組員が忽然と消えてしまった船のテーブルのように、居間のテーブルの上にはいろんな形の切り絵が散乱しているだけだった。眼球が少しずつ澄んでいった。やられた、と思った。

怒りを鎮めて、ほんとうはおじさんも葉菜ちゃんも最初からいなかったのかもしれないと思い直した。これは一種のあほらしい手品なのだ。だがこれは何らかの催眠状態ではない。自分の仕掛けた手品に騙される人がいるとしても、インチキカードはパレスチナの木陰でもいつも配られていたのだし、いったい騙されたのは誰だったのだろう、とおじさんが言っていたっけ。

玄関に出てみると、花瓶に勿忘草が活けてあった。葉菜ちゃんが活けてくれたのかもしれない。そういえば、家への帰りがけ葉菜ちゃんが勿忘草の花言葉を教えてくれたところだった。曰く、「私を忘れないで」

数日前におじさんの友人である大きな人が亡くなったばかりだった。思いがけない知らせではあったけれど、それでいいのだと思った。昨日、夕日が部屋を染めるまで、葉菜ちゃんはその大きな人を偲ぶために勿忘草の絵をずっと描いていたそうだ。

七月翌日

いなくなってしまった大きな人の話を続けよう。

いつだったか、大きな人が遠方からこちらに来たとき、おじさんが留守だったので、代わりに僕と一緒にモダン寺の近辺を散歩したことがあった。素敵な木造の雅叙園ホテルがあった附近をうろうろした。今では道が拡張されてしまったが、かつては細い路地が異国の夢のなかに入り込んでしまったように入りくんでいた。このあたりの路地にはいつも自分の影だけがさしていた。その大きな人は、ここら辺には間違いなく戦後まで阿片窟があったはずだと教えてくれた。

阿片窟を探して、僕たちはさんざん路地から路地へと歩き回った。交番に道を尋ねるわけにもいかない。路地は白っぽく漂白されたようで、背中に風を感じる。戦時中、帝国陸軍による中国への阿片政策にからんで、結託してそれを横流しし大儲けした人たちがこの町には少なからずいた、当時、日本は世界一の阿片産出国だったのだ、と大きな人は言った。時おり中国語を喋る人たちとすれ違ったのだが（このあたりは華僑の街でもある）、阿片窟はもちろん見つからず、足音を忍ばせて入った静かな喫茶店で昔ながらのサンドウィッチを食べた。おいしいサンドウィッチだったので、大きな人はこの店が気に入った様子で、コーヒーとカレーライスをもう一皿をおかわりした。既視感が襲ってきた。なんか僕もおじさんに似てきたのかな。気をつけねば。

その後、またぶらぶら歩いていると、見知らぬ小さなお寺の境内にとつぜん出ていた。僕たちは人混みに紛れて何かを大真面目で探してきたようにくたびれていた。蝉しぐれだけが降り注ぐ小さな境内で、二人並んでローリング・ストーンズの「タイム・イズ・オン・マイ・サイド」を歌った。♪ターアアアィム、イゾマサイ、イエス、ティイズ……

無数の雀が、藤棚の花のなかから、死棺から飛び立つように、空気の歌に合わせるように、僕たちの周りへ群がり飛んできた。時が経っていた。見上げると、空がぽかんと青空だった。

七月その翌日

大きな人がこちらへやって来るたびに、いつも静かな喫茶店でお茶を飲んだ。ある日、その日もおじさんがいなかったので、葉菜ちゃんを入れて三人だった。夜更けのように静かな喫茶店にダミアのシャンソンが流れていた。「♪あなたに愛することなんてできないわ……」

静かな喫茶店はもうもうとたちこめる紫煙でよけいに薄暗くなっている。煙草を食べにここに来ているみたいである。大きな人は煙草が大好きだったので、僕たちも煙草をひっきりなしに吸い続けた。前におじさんが貸してくれた三島由紀夫の童話、四六時中煙草を吸い続ける子供の話を思い出した。子供は埃だらけのカーテンや絨毯まで吸ってしまうのだ。

三人で顔を見合わせても、互いの顔は濃い紫煙のなかに消えかかり、互いに明後日のほうを借り物の人形のように向いている。僕たちはくつろいでいる。大きな人は、どこにいようと、いつも必ず静かな喫茶店にいるのだ、とおじさんは言っていた。この静かな喫茶店にはぼろぼろの西洋人形や、薪をくべる暖炉があるのだが、もう暖炉が使われている形跡はない。

山のなかに小屋があるので行きませんか、と僕は熱いココアをすすりながら大きな人に言った。

「そんな小屋は存在しないよ、君」

と言って、大きな人は呵々大笑した。

七月そのまた翌日

大きな人は心臓発作で急死してしまったので、大きなからだごと消えてなくなってしまったが、おじさんだっておじいさんだって、よく考えてみればいないも同然なのだから……

♪あいつがいた、ブラジルから帰ってきたんだ、サン・ジャック通りをみすぼらしい身なりで歩いてた、逃げてしまえばいい、貴族の女を愛したところだったのだから、安っぽい愛さ……とか何とか、そんな歌がラジオ・ヘルメティカから聞こえている。

いつになろうとも僕はここへ戻って来るのだろうか。ここってどこなのだろう。行ったことのないパリのサン・ジャック通りだろうか。赤ん坊の頃にいないいないばぁーの遊びをやった後で鏡を見ながら片言の言葉を少し喋ったときみたいに、嬉しい気持ちを学習してさえも、後で誰もが経験する気持ちの窪みがあるのだし、それは淫らなことではないし、こわばった後ろ姿などここにはないし、大きな人がいなくなっても少しばかり寂しく思うだけ。少し言葉が途切れただけだ。おじさんの最近の口癖は「俺は居た、そして居なかった」であるが、これはジャン・ジュネという元泥棒だったフランスの大作家からの剽窃(パクリ)だそうだ。おじさんが自分でそう言っていた。

八月初日

またしても仏壇の抽斗の阿片がなくなっていた。何十年か前の誰かの記憶のなかにはしかと存在したはずの往時の南京町を訪ねようとも、今の南京町しかないし、かつてのいかがわしい路地も、昼のひなかから赤や青の電球の灯る薄暗い外人バーももうどこにもない。調達するのにわざわざアフガン人を介してペケペケ大使館の人に連絡しなければならず、手に入れるのはとても骨が折れる。

ずいぶん前の話らしいが、おじさんはそこの小さな外人バーの娘とつき合っていたことがあったらしい。彼女は今頃どうしているだろう、バーのママだった彼女のお母さんは年寄りで、大柄の元オンリーだった、とおじさんは言っていた。手ぶらのまんま豚まんを買って帰って、お茶を濁すなんて癪だし、途方に暮れてしまう。おじさんの知り合いのあのフランス文学の先生にもまた少しお裾分けしなければならないし、面倒臭い上に労力がいるのだ。

今日は大きな人がそんなものはないと喝破した山の掘建て小屋まで（森ではない）僕ひとりで見に行ってみるつもりだ。もしかしたらおじさんが来ているかもしれない。あの時間は絶えたけれど、おじさんも大きな人と友だちだったし、二人していなくなってしまった大きな人の話があらためてできればいいなと僕は思っている。

八月某日

朝からおじさんはずいぶんご機嫌だ。

「おじさん、いたんだ」

「あ、は、は、そして居なかった」

「あ、は、は、じゃないでしょう、何かいいことあったのかな」

「正月でもないのに、明けましておめでとう、と裏の坊主が大声でわめいていたので、返事もせずに無視したら、和尚の嫁はんが掌を見ながらもじもじ庭に立っているのが見えたんだ、きっとうちの蔵からぼろぼろの掛け軸を盗んだところだったんだよ、ご明察さ、俺にはわかったんだ、蔵から抜け出した泥棒の嫁はんが半月に向かって唾を吐いている図が頭に浮かんだからな、昨日の冬の半月は霞んでいたよなあ、昨日だぜ、あほか、どんな作家にも時間論なんて書けるわけがない」

とおじさんは言ったが、今は正月どころか、真夏である。おじいさんもそうであるが、おじさんの記憶の回路は別の造りになっているようである。

八月某日

久しぶりに見たおじさんの少しいつもとは違う感じの手記より。おじさんには詩人のようなところがあるのは僕も少しは認めなければならないのかもしれない……。

　あの半人半馬、あのケンタウロスのように片足の蹄を上げ、森のなかにわだかまり、木々の上で一列に並んだ小鳥のさえずりのように、空の上から落ちるには及ばない。別れの言葉が耳元をかすめる。夏のかかりに雲をひとつだけ名づける君のように。

八月某日

続いてまたおじさんの手記より。詩人かと思えば、またしても、こんな下手くそなふざけた俳句をどう考えればいいのか、僕には判断できない。たしか『冥途の飛脚』って近松門左衛門の浄瑠璃だよな。カメムシと心中はあんまり関係ないと思うけど。

　そう、そう、今日の俳句をひねってみようかと思う。今朝、縁側で、じっと動かないカメ虫を見つけたのである。

草枯れて虫となりけり冥途の飛脚
夏日向草葉の蔭をカメ虫通る
虫死んで飛脚はこくり草茫茫（ぼうぼう）
夏草や冥途の飛脚が死んでいる
虫止まり飛脚奴（やっこ）もあの世へ帰り
枯れ草や冥途に戻るさカメ虫果つる

八月翌日

僕もまたおじさんと同じように昨日カメムシがじっとしているのを見たのだった。カメムシ大量発生。

僕は彼の邪魔をしなかった。ひどい夏の夜の次の朝、地図のない国にいるみたいだった。彼は少し動いては、立ち止まった。僕がそばに寄ると、彼は口をつぐんだ。あたりがひっそり静まり返った。

九月某日

昨日、トンカチを探そうと思って家の納屋（なや）をのぞくと、久しぶりにおじさんがいた。おじさんは頭を蜘蛛の巣だらけにしたまま段ボール箱の上に座って居眠りの最中だった。家の前の道では風の巻き上がる音がしていた。午後が終わろうとしていた。何かを書いた紙がくしゃくしゃになって落ちていたので、拾ってみると、俳句のようで、

仏壇や阿片が灰を病む日かな

という句が鉛筆でめちゃくちゃに消してあった。あろうことか、おじさんは納屋のなかで俳句を詠んでいたらしい。灰を病む、ではなく、肺を病む、の間違いかもしれないが、どこかで見たような句だ。あ、そうだった、以前のおじさんの手記にあった俳句にもこんなのがあったな。誰にとっても逃げ場がないような気がした。阿片はいつの間にかなくなるし、こんな俳句を見ても、おじさんと僕が同じことを感じたり、ショックだが、僕がおじさんに似てきた兆しがあるなんて、いささか驚きというか嫌悪感しかない。ところで、前の俳句を見たときもそう思ったが、阿片の盗難はやはりおじさんの仕業だったということなのだろうか。

僕が拾った紙を手にしていると、おじさんが目を覚ました。
「おい、何も言うな、こんな俺のへぼ俳句のことなどどうでもいい、きしょく悪いあの俳句おばはんのテレビなんか死んでも絶対に見ないからな、季節なんかないし、季語なんか俺は無視

するんだ、そんなもんどうでもいい、川柳じゃないぞ、最近俺は俳句をかじっているんだ、いいだろ、人並みだろ、ところで俺はペストにかかってしまった、ペストといやあ、十四世紀だけでヨーロッパの人口の三分の一が死滅し、あの時代に一億人が死んでいるんだぞ」と大きな声で言うので、無視して台所へ水を飲みに行って戻ってみると、もう姿がなかった。

おじさんはルネサンスの時代にでも生きているつもりなのだろう。かわいそうというか、うらやましい気もするが、ほんとうにペストにかかって死んで吸血鬼にでもなられた日には、めんどくさいし、それもどうかなと考える今日この頃である。

十月某日

昨日思ったことなのだが、もうこの日誌に日付をつけるのをやめてしまおうかと考えていた。日々の時間に縛られているような気がしたからだ。日付が何らかの目印であれば、この目印はひとつの眺めのなかにあるかもしれない。だがこの眺めは外部の眺めだ。これは、目印というからには、時間の経過を真に表すものなのだろうか。日付は言ってみれば点のようなものだし、目印以外の意味はないし、いくつ点を無限に連ねても直線になることはない。つまり経過などというものは目に見えないし、ここでは起こらない、とおじさんは言う。俺は無意識裡にあの類い(たぐ)の詩人たちのように因果律に死に物狂いでしがみついたりはしないのだ、と。

そうは言っても、ある程度時間に縛られなければ、僕は空中で風船が割れるように破裂してしまうような気がしないでもない。やはりこの形、この形式にしがみついていようと思い直した。できるだけ覚めた目で形式に従うことによって、形式を形式が加担するものに変えてしまうことだってあるかもしれない。でも内容なしに、覚めた目で形式に従うことなどできるのだろうか。

十月翌日

おじさんの手記より。たまたま見つけたのだが、ちょうど「形式」のことが書いてあった。

　思考の筋道を立てるために、形式と内容を分けて考えたのは科学だろうか。いや、哲学、もっとその前には、誰かの十八番（おはこ）である神学がそうだったのだろう。普通、誰もが了解しているような意味での美学も同じかもしれない。

　咲いている花の雌蕊に群がる虫たちにとって、この花は蜜の薫（かお）る一輪の花の形骸か仮象でしかなく、それは香りという「内容」であって、いや、虫たちにとってわれわれが見ているような意味で「形」があることは定かではないのだから、形骸といってもそれ以下のものであるかもしれない。じいさんにとっては山に咲いている山百合も花瓶に挿した山百合も内容ではなく、ひとつの観念であり、「形」であり、「形式」なのである。なぜならじいさんは山百合についてあれこれ喋り散らしながら、あるいは黙りながらも、しかも一度として山百合を摘んできてくれたことがないからだ。俺の真似をして、山百合を愛でているという観念があるだけであるし、山百合を多くの物のなかのひとつの物としてただ単に見ているつもりになっているだけである。山百合はじいさんの観念のなかにしか存在しない。山百合はただの名前である。

哲学や科学にとって「形式」と「内容」は二つのものとして彼らの思考に必要を迫るものだった。しかし俺は科学者ではないし、つまり物事を分類や命名やその他のことによって考えることのできない俺には形式と内容はひとつの同じものでしかない。ある作家の本に書いてあったことだが、形式は、それが拠ってたつ作品が半端な道具であれば、けっして生まれてくることはない。内容を生じさせるには、そして生まれ出ることに苦しみを覚えているような内容、つまりいまこそ生まれ出ようとしている内容というものを、ここでまさに生き生きとしたものに変えるには、この半端な道具でない作品のために、同時に生み出された形式がなければならないのであるが、それでいてその内容の実質がいまにも生まれ出ようとしているこの剝き出しの生のさなかにおいて、形式を決定するのはまさに内容それ自体なのである。

これは洗練されざる野蛮な論理であると言われるかもしれないが、俺にとって内容と形式が生まれるのは同時であるし、一気にそうなるし、内容が形式を要求し、それでいて形式がしかるべく、いや、どうしようもなく内容を強制するのである。したがって形式はいずれ破綻するだろう。だからこそ文化の「形」などというものは、後生大事にそれを崇めれば崇めるほど、あらゆる内容を欠いてしまった今のご時世では、悲しいかな、偽装されているか腑抜けのようなスノビズム以外にほとんど見ることができないのだ。

十一月某日

わざわざおじいさんの日記やおじさんの手記を覗き見してまでここに引用するのはなぜなのか。僕は自問してみた。答えはいとも簡単だ。

僕の書いているのは僕の日記ではなく、家族の日記であるからだ。家族。家族の概念が崩壊した家族。家族を離脱するしかない家族。そう望むことなく家族から脱落してしまった家族。おじさんもそう言っていた。何でも構わない。理想の家族はない、とおじさんは言う。国家に抗する家族というものがあるとすれば、それもまたよしとしなければならない、と。

血がつながっていようといまいと、それが生物学的なものであろうとなかろうと、そんなものを遥かに超えて、遠くに透ける血管のなかにうっすらとした幻想の血が流れているのが見えるかもしれない。幻想は一瞬をえぐり出す、とおじさんは言っていた。それなら、どうやらこの一瞬を通して、系譜的には到達不可能である幻想でしかない血族らしきものが見えるように僕には思えるのだ。血族であってても不可能な共同体であってもどちらでもいいのだが、その構成員の出自はばらばらで（宇宙人のこともある）、一人家族の場合もあるだろうし、本質的にはあらかじめ互いに何の繫がりもない。おじさんによれば、それだけでなく、どうやっても起源に到達できない、生活とその行動において起源がどこにもないことが肝心であるらしい。これは系と言い換えてもいい、とおじさんは言う。原生生物の系、外道の系列（セリー）……

だけど僕にとって、血はやはり言うところの血統ではない。はなから貴種流離譚に出る幕はない、とおじさんは言う。血は突然変異の元凶であり、おじさんが読ませてくれた詩人アルチュール・ランボーの言う「悪い血」であり、汚れた血なのだ。血は人を生かすどころか、人を最後まで堕落させ、迫り来る破滅と死の原因でしかなく、われわれの血管を駆けめぐる汚れた血は、ついには傷口からすべて流れ出て人を死に至らしめる。逆流したりはしない。血が流れ出すにつれて、生の道行の記憶は薄れゆくが、時間そのものが失われることはない、とおじさんは言う。時は血の外にあっていつまでも流れ続けているからだろう。

幼少の頃から、不可解な妄想というか幻覚を見ることがあった。何かの拍子に、あるときは僕の不意を襲うように、あるときは場面に場面を重ねるようにして、とってつけたようにそいつが現れ、何が起こったのか、僕を茫然自失させるのだ。ただの妄想なのか白昼夢なのかよくわからないのだが、かつて自分が平家の落武者ででもあったかのように、首を刎ねられる幻覚だ。

突然、僕の首から血が吹き飛ぶ。真っ赤なあまり黒ずんでさえ見える血が吹き出て、もげかけの首をおさえてもおさえても止まるはずがなく、振り下ろされた刀による首の激しい痛みすら感じてしまう。首ががくんときて、焼きごてを押し当てられるような激痛だ。痛いというよりむしろ熱いに近い。おまけに僕の目の前には、なぜだかご丁寧に苔むした古い墓があって、薄暗いなかに墓が立ち並ぶ様、かすかなその色つきの映像すらもが脳裡に浮かんでくる。暗い木蔭にあるその墓の前で僕は首を刎ねられている。

十二月某日

おじさんが朝早くから居間で新聞を読んでいた。コーヒーと葉巻煙草のきつい臭いが居間に充満していた。

「今日は、早いね」

「ああ」

それっきりおじさんは何も言わなかったが、いつの間にか姿を消したと思ったら、テーブルの上に黄ばんだノートが置かれていた。横にはちゃんとそのコピーも置いてあった。

黄ばんだノートのある風景。それだけ聞けばまるで静物画のようだが、いつもの手記とは違うノートだった。おじさんはいつも独特のはにかみ方をする。それは僕にもわかっている。テーブルに置かれていたノートをめくると、意外にも、小説！

そういえば、ずっと前のことだが、おじさんは珍しく上機嫌で、僕にこんな話をしたことがあった。おじさんがこんな風に一瀉千里に自分のことをまくしたてるなど滅多にない。だけど言葉は水の流れではない、流れが止まるときがある、小説とはこの時間の停止であり、そこで自然な流れは堰き止められ、一度断ち切られる、とおじさんは言う。

「俺たちはずっと、といっても俺たちというのが誰の話なのか定かではないのだが、まあとにかく、その俺たちは『何か面白い事ないかな』と『どこかに何かややこしい事はないのか』の間を揺れ動いてきたが、ややこしい事とは、まず理解不能であり、面倒で、わずらわしくて、複雑なことであり、可算できないという意味なんだ、昔、俺は数学に憧れていた時期がある、自分で超限集合論を研究していたこともある、だけど最終的理解に達する前に、一次元連続体のイメージから、描かれた油絵が罅割れるように、何か雲をつかむようなものが流れ出し、飽和状態が消え、あまつさえ別の次元に自分が呑み込まれてしまうように、その連続体がじょじょに脳の集合のある階層から退去し、やっとのことで空集合のように中身が消えてしまうぎりぎりのところで、脳が痺れて壊れそうになり、気分がずっとふさぎ込んでしまい、それ以上のことを理解できなくなった、何度目かの大いなる挫折だったよ、からだがばらばらになって、ちっぽけな自分の人格すら否定されてしまったようだった、その後、小説を書いてみようと思い立ったんだが、飽きてしまった、とどのつまり俺は数学者にも小説家にもなれなかった」

小説家になれなかったおじさんが置いていった小説らしきもののコピーがこれである。そのままノートに貼りつけた。

浜辺の家

空気、空気を。この懐かしい主題が少しでも役に立つか見てみよう。この魔法にかかった円形の外の私のすぐ近くでは、まったく透明な灰色の空気が、浸透しがたい薄い層を重ね、ほんの少しだけ濃い色に染まっている。（……）ここに真っ暗闇はない。

サミュエル・ベケット『名づけられないもの』

I

大の仲良しだった犬のガブリエルのいないこのだだっ広い部屋で、今日もぼんやり過ごしている。冬の嵐がそこまで来ているようだった。外では、さっきからときおり季節はずれの稲妻が光り、強風が吹き荒れているらしい。窓からざわつく樫の大木と狂ったような隣の家の棕櫚（しゅろ）が見えた。だが雷鳴は遠いし、なぜかいまは風の音もほとんどしない。灰色の空が哀願しているのか、雨も雪も降っていない。

外で車が停車する。呼び鈴が鳴っている。こんな時間にいったい誰なのだろう。不承不承、牢番のように私は玄関を開ける。立っていたのはあいつの彼女だった。ずいぶん重そうなボストンバッグを抱えて、昨日の幽霊みたいに蒼ざめている。大きな罪を前にしたみたいに。バッグにはあらかた罪が詰まっているに決まっている。黒のビロードの膝上丈のスカートから伸びた二本の足が見えた。それから私は眼を閉じる。私は自分の足元を見る。ここに欠けているものは何もない。すべてを曲解したくなったとしても、彼女の声は低いままだ。


「いいかしら、入って？」

東洋風のアヌーク・エーメが言う。

「どうぞ、それ持とうか？」

彼女はこの前ここへ来たときよりさらに少し痩せたように見える。存在したものはもう存在しなかったりするのに、私は荷物を持つためにまだ両手を使っている。話す前から、同じ言葉が繰り返される。向こうで波の音がしている。私は何かを探すふりをする。あいかわらず彼女は蒼白くて、熾火(おきび)のように燃える黒い目をしている。

「しばらくここにいてもいい？　なんかひとりであいつを待ってるの嫌になっちゃった、最近あっちに行きっぱなしなんだもん」

「…………」

押し寄せる波の音が記憶の片隅（へんぐう）を照らし出すように再び聞こえる。波は暗闇のなかで発光している。それはどんな放棄のシチュエーションよりも好ましい。自分が何に無感覚になっているのかはわからない。

「あら、ガブリエルは？」

「…………」

しばらくして私は口を開いた。沈黙のなかに確かなことは何もないとわかっていた。どちらかといえば陰険な空気が漂い、目が回るような予感がして、やにわに天井が落ちかかる。どうせ私の言い分は正しくないのだ。意固地になるのは今はやめておこう。さっき読んでいた本にはこうあった、「空気、空気、私は空気を探すだろう」。もう耳のなかに風の音も波の音もしていない。彼女の声はさっきより聞こえにくいし、自分の声はほとんど他人の声なのだ。

「何か飲む？」

「いらない、でも寒くない、この部屋？」

「ストーブを強くしようか」

「ガブリエル、寝ちゃったのかしら」

少し間をおいて私は言った、

「じつは、ガブリエル、もういないんだ」

「えっ？」

「死んだよ、僕の腕のなかで」

「…………」

「老衰だった、獣医を呼んだけど、だめだった」

「そうなの……」

「かわいそうなことをした」

「あなたの責任じゃないわ」

「それはわかってるけど、どうかな、せめてあいつに会わせてやりたかった、あいつの犬だからね、庭の隅に墓を掘ったから、明日、見てやってくれないか」

「いいわ」

冬の夜が更けていく。彼女が煙草に火をつける。

私が言う、

「こんなことを言っちゃ、きみは怒るかもしれないけど、あいつ、帰ってこないかもしれないよ、なんかそんな気がするんだ、知ってのとおり、もう海外赴任も長すぎるし、最近は仙台の本社に戻ることもないみたいだ、あっちに住み着くんじゃないか……」

「あなたにはわかるのね、古いつき合いだものね」

「………」

「ええ、私にもわかってる、でもその話は明日にしましょうよ、いろいろ相談したいこともあるし」

「つい最近、ベルリンの消印のある手紙が来た、そこにあるから読めば？」

「明日にするわ」


煙草を吸い終わってしばらくして、彼女はおやすみと言って居間を出ると、寝室に消えた。部屋のなかにまで寄せては返す波の音がまだずっとしていた。部屋のなかに波が押し寄せているみたいだった。長いこと寝室を使っていなかったので、寝室はあいつが出て行ったときのままにしてある。私には彼女への配慮など微塵もない。彼女は思い出したように、まるで出来事を捕まえに来るように、あいつがいないこの家に周期的にやって来る。何の義務なのか。私の奈落を見たいのか。以前のように、できれば彼女を避けていたいと思うこともある。沈黙ですらとにかく中断しなければならない。だからといってどうでもいい別の話を聞くためではない。

私はいつものように居間の大きなソファーで寝ることにした。寒いので毛布をもう一枚足した。寒気が私の体の表面のさざ波の音をかすめとっていく。最近までここでガブリエルはいつ見てもずっと眠りこけていた。

眠れそうにないので、ウォッカをコップに半分ついで、ストレートで一気に飲み干す。私は闇を凝視してぼんやりと再びガブリエルのことを思った。耳をぶらぶらさせて砂浜をうれしそうに全速力で走るガブリエルの姿が脳裡に浮かんだ。そのうち私は眠りについていた。


浅い夢を見ていて、私はどこかへ行こうと焦っていた。ひどく喉が渇いて、目を覚ました。また窓が風でカタカタいっている。何かの気配がわずかにする。ガブリエルの幽霊なのか。それなら大歓迎だった。心の痛みはそのうち癒えるだろうが、今はまだそれを抑え伏せる気にもなれない。暗闇のなかにぼんやりとピエロのような人影が見える。ずっと前にピエロの幻覚を見たことがあった。ピエロは観葉植物の蔭から現れ、私のそばを通って姿を消した。それは声の届く範囲だった。

私は起き上がって、ソファーに座りなおす。男物のパジャマを着た彼女がそこに立っている。

「寒くない？　火を強くするよ」

私が言った。

「…………」

彼女はソファーに座ると、黙って煙草に火をつける。

「寒いんだろ？　震えているじゃないか」

再び私が言った。

私は彼女に毛布をかけてやった。彼女は私の言葉を待っているのか何も言わない。何の話題もないことはわかっている。毛布を頭からかぶった彼女は、闇夜のなかで焚き火にあたる遊牧民のようにこちらに顔を向けた。ライターに灯った火が彼女の顔をぼんやり照らしている。あの部族の群れの女がそこにいる。暗がりで片足がないようにも見える。暗闇のなかでも見失うことのない目だけが爛々(らんらん)と輝いている。砂漠の向こうからやって来た異邦の女……。

異邦の女は煙草の火をいきなりもみ消すと、火の粉を散らし、何も言わずに私に抱きついて唇を重ねてきた。奇妙なロング・ショットのキス・シーンだった。判断すべきことなど何もない。私の言い分は正しかった。私はこんな場面が存在することをずっと忘れてしまっていた。それは時間の経過のなかでしか起こらない。そんな考えが脳裡をかすめた。柄にもなく、息が苦しかった。

床に毛布を敷いて、彼女が身に着けている男物のパジャマと白いパンティを脱がすと、二人で倒れこむように横になった。彼女の裸体を見て、自分も裸になっていることに気づいて滑稽な後ろめたさを覚えた。彼女がすぐに私の性器を握ったとき、この矢継ぎ早の同意の身ぶりには嫌悪感しかなかった。彼女も私も何も言わずにずっと押し黙ったままだったし、窓が風でカタカタ鳴っているだけだった。でもぴくりともしないような裸体の息遣いから、こうして私たちがまだ実在しているかもしれないことがかろうじてわかるというものだ。だが、わかると言っても、それは私にだけわかるということでしかない。死体となれば、肉体は実在なのだろうか。私は誰に同意を求めていたのだろう。言うべきことを言ってやろうとやってみることさえしない。

　はじめて見る彼女の純白の裸体はサハラ砂漠のように美しかった。砂丘の上を何度も私の手が滑っていった。彼女の目はさらに井戸の底のような黒く深い輝きを放つと、誰かの回想のなかですら爛々として燃えるようだったし、それはまっすぐ私を見つめ、穴が空いたように見開かれた黒スグリのような黒い目のなかに茶色の瞳孔があった。熱い吐息だけがほんの少しばかり乱れていた。激しい快楽は体の外へ逃げていくことはできない。しばらくすると彼女はとうとう激しく体をくねらせて、私の腕に火傷（やけど）の刻印のような歯形をつけた。私は苦痛が始まるのを待った。潮騒（しおさい）が聞こえる。災いはある種の臭いをもっているが、究極的にそれは死体の臭いだったのだろうか。

　部屋の真ん中で、彼女は寒かったのか、がちがち歯を鳴らしていたが、きつく閉ざされた厚めの赤い唇から小さな歯軋り（はぎし）が聞こえ出した。深紅の口紅の味がした。今ごろ、潮は引き始めたところだろう。残念ながらそれでも同じ海なのだ。歯軋りはやがてかすかに漏れてくる聞き取れないくらいの声に変わった。昼間には、浜辺の松林で蟬が喧しく鳴いていた。彼女は嘘をついているのか。彼女の声は彼女の嘘っぽい裸体の白さに何となく似ていなくもなかった。喘ぎながら彼女は何か呟いていたが、何を言っているのかわからない。

　女の体の表面を滑っていく太古の呪いのような言葉。ピュティアの巫女の息によって、その予言はことごとくはずれた。この気息に混じった空気のなかに未来の道は続いていたとでもいうのか。予言ははずれたのだ。私は憎しみを覚えた。だがそれは明らかに巫女の声だった。声のなかには無数の乳房があり、蛇がうじゃうじゃ犇いていた。それは私の憎しみの化身だったのかもしれない。さっきの夢のなかで私は遠くまで逃げたわけではなかった。どこかへ行こうとしてとにかく訳もわからず焦っていたのだし、寂れた通りには人っ子ひとりいなかった。巫女に対する憎しみだけが募っていった。

　愛撫の最中、再び激しい嫌悪感にとらえられた。突然、尖った乳房から手をのけ、熱い体を離すと、彼女を抱くのをやめる。彼女はすっかり汗ばんでいたが、彼女も、そして私も何も言わなかった。

　どのくらい時間が経ったのだろう。目の前が真っ白になった。何かが弧を描いて、頭のなかでスパークした。女を殺す場面が目の端に見えた。馬乗りになった映像、それとも振り下ろされた腕。腕はしなっていたかもしれない。首を絞めたのか、ナイフで喉をかき切ったのか。

夜明けが近づくと、嵐は始まったときと同じように不意にやんでいた。薄暗がりのなかで彼女を眺めながら、望みもしないのに、私はじっと息をひそめている。同じ言葉が何度も蘇る。速度を上げなければならない。血溜まりが床に見えたような気がしたが、疲れ切って起き上がることもできない。

たぶんあいつが海外勤務から戻ることはもうないだろう。彼女は裸のまま私の隣に横たわっている。死者の儀式のように、彼女は死んでいる。そんなことは軽蔑に値するとわかっているのに、私は生者に接するようにそっと彼女の死に顔を覗き込む。遠くに寄せては返す波のざわめきが聞こえている。気分はそれほど悪くない。息遣いと波音は、奇妙な、だが幸福そうな合奏をいつまでも奏でている。そんな風に考えることもできるのだ。

犬のガブリエルのようによく生きること、それは私にできなかった。縮んだままの犬の死骸。生きているときよりも小さく見えた。ここから水平線は一望できない。おお、死骸の向こうに水平線があるのだろうか。水平線。私は眼を剝いてその水平線という言葉を見つめようとする。それが言葉にすぎなかったとは言えない。海の気配は近い。それは近づいている。あいつは私の記憶を空っぽにしてしまうだろう。「おまえは生き、おまえは見て、おまえは驚く」ドイツの詩人はそう言っていた。そう、私は生き、私は見て、私は驚くだろう。本当にそうだろうか。

　異邦の女は、乱れた髪をしたまま、私のそばで深い眠りに沈んだかのようだった。寝息はまだ聞こえるだろうか。私は耳を傾けてみる。死に顔を見ていると、彼女は深海の底に沈んだ人魚みたいに得体の知れない女に変化した。昨日の夢のなかでけらけらと笑い声を上げている姿が見えるようでもあったし、もう一度よく見てみると、下品で華奢(きゃしゃ)なただの哀れな女にしか見えないこともなかった。要するに彼女は空っぽの女なのだ、と考えてみる。この蓮(はす)っ葉(ぱ)な女とこの家で老夫婦のように暮らすなんてとてもじゃないが考えられなかった。ここはあいつの家だ。この家はすでにガブリエルのいない静けさが領しているが、私は何も考えないようにできるだけやってみる。実際、私は何も考えない。見世物のような彼女の顔をもう一度そっと覗き込む。見世物はただそこで演じられているだけで、もう誰かに待たれることはない。普通、見世物を演じる者だけが苦しんでいるが、彼女は死んでいる。

　砂丘の起伏そのままを写し取ったような彼女の肢体は、暗闇のなかにスフィンクスのように長々と横たわり、何事もなかったかのようにいまもたしかに息をしているみたいだ。命が少しずつ抜けていく。まるで今にも死にかけているみたいに。私が殺す前に、彼女がここを立ち去っていれば、彼女は自分で死んだだろうかと思ってみる。そんなはずはない。

あいつは絶対に帰ってこない。きっと彼女は死ななかっただろう。もっと速度を上げなければならない。サハラ砂漠の中天に昇ったまま猛スピードで私たちのほうへ接近しつつある大きな謎の惑星。彼女の寝息が聞こえるようだ。それはうららかな春の日や、夏の盛りの太陽や、秋の終わりの木枯らしや、冬将軍の到来の代わりになるかもしれない。

気分が悪くなったので、遺体から目をそらすと、見たこともない悲しげな老人の顔が私の眼前に不意に浮かび上がる。この老人が誰なのかわからないし、たぶん会ったこともない。時間が錐揉み(きりもみ)のようになって、時の切っ先がここで激しく回転し始める。一本の木が寂しい荒地にぽつんと立っている。木には鳥がとまりにやって来る。後ろを振り返ると、ほとんどの日本家屋がぐしゃぐしゃになって倒壊している。死んだガブリエルを連れてあいつが木のそばをゆっくり歩いていくのが目に浮かぶ。君が待つことはない。そんな必要はない。俺をあてになんかするな。俺はもう何も言わないだろう。音のないままあいつの口はそんなふうに動いている。

彼女は私に寄りかかっている。さっきは氷のように冷たい体だと思ったのに、彼女の裸体はまるで生きているかのように、むしろ火傷をしそうなくらいに熱く感じた。生き返ったのだろうか。私はストーブの火を少し弱める。透き通るように白い横顔が、乱れた髪の毛で去年の日蝕のように隠れてしまう。平和はなんの代償もなく訪れたりしない。反対側の窓を通して、奇妙な空がここからも見えている。朝焼けの空。
　岸辺。水が涸れたように波音はもう聞こえない。海はすでに死にかけて、夜光虫だらけだ。だが今日まで死ななかったものが死ぬことはけっしてないだろう。妖しい小人の行列が波間の向こうを通り過ぎていくのが見える。それは震災直後に見た一列に並んで逃げてゆく犬の行列であり、犬の行列の向こうでは、家が倒壊し、ひとりの男がもうひとりの男に遠くから手を振っている。どうしても思い出すことができない言葉。それが枯葉のようにどこからともなく落ちてくる。その言葉は明日口にされない言葉になろうとも、今ここでもう一度選び取ることなどできないのだ、何らかの合図のようには。私は少しずつ遠ざかり、待つのをやめる。

　突然、死んだガブリエルの気配がする。少しだけ、あたりに犬の臭いが漂っている。雨はすっかり上がり、風もやみ、いま私の目の前で早朝の光と影が戯れて複雑なダンスを踊っている。木洩れ日が漆喰の壁の上につくるとても繊細な影絵。ガブリエルの姿がすっかり消えた部屋のなかで、ガブリエルの影がそれに張りついてしまったように、影絵は裸のままの死体などにはお構いなく絶えず揺れ動いている。壁の上に少しずつ不可解な染みが広がっていく。

もうすぐあいつは橋を渡るだろう。霧のなかで橋は崩れ、真ん中から二つに折れてしまうだろう。霧はじょじょにこちら側まで広がり、私からすべてを見えなくするだろう。あいつの姿もまもなく消え失せるだろう。急げ、急げ！　あたりが暗すぎて、すでにあいつの姿は半ばぼやけてしまっている。こんな暗がりは好きではない。地震の日に避難所で偶然のように出会ったと思ったのは、単なる記憶違いだったのだろうか。こうなるためのあいつの策略だったのだろうか。どんな記憶も私の記憶ではない。あいつが生きていたことに驚愕した誰かの記憶があっただけだ。

それなら私は再びあいつのつまらない記憶の断片にすぎなくなるかもしれない。何てことはない、忘れられてしまった誰か人物らしきもののひとかけら。「おまえは私の顔を盗む」、スペインの詩人はそう言っていた。私は死者のかわりに、それと引き換えに、あいつの顔を通りすがりに盗み取るだろう。あいつがいる。たくさんの連中がいる。たぶんあいつの記憶の切れ端もくっついてくるだろう。そのどれもが私のものではないし、それについて私は喋ることができそうにない。私には盗まれるものは何もない。でも、これから何かを盗みに行こうにも、なぜ橋は折れ、道は途中で途切れているのか。

いつだったかあいつと二人で見に行った、山寺の奥にある険しい滝から、金色の水しぶきが激しく飛び散っているのがいまも目に見えるようだ。あれはまるでランボーの詩だった。ヴァッサーファル。わざとドイツ語で書かれた滝だった。だが水が流れつく川はここからは見えるはずもないし、黎明の光のなかで夜明けを抱きしめることなどできなかった。あいつはいつもこんなふうに失われた記憶の断片をしっかりつかんで離さない。世界はまだ眠っている。あいつは向こうでじっと身じろぎしない森のなかの彫像のようなものになるだろう。どこへ行けばいいのか。穴だらけになった月日、飛び跳ねる翳、鬼火、小舟の沈んだ静かな湾、口笛の聞こえる浜辺、亡者たち、生のやりきれない舞踏、動乱、終わった動乱の後の長い歳月、一本の長い坂道、明け切らない夜明け、どこかが狂った動かない風景、いくつかの消滅、それをきっと私は覚えているだろう。

よくよく考えると、私はこの女のことは何も知らない。彼女はずっと前からすでに死体であったかのようにぴくりとも動かないし、目も覚まさない。死んでいるのだから、そんな感慨は馬鹿げている。それが永遠に続いてくれればいい。眠りたいだけ眠ればいい。起きるまでそっとしておいてやろう。そのように振舞えばいい。彼女の長くほっそりとした脚に最初の日の光が当たっている。私はぼんやりとそれを見ている。私は彼女の脚を無条件に美しいと思う。その脚が冷たく透き通ることで、彼女は私を騙している。

見飽きたと思っていた幻覚はいつもこうして到来する。いつも目にしていたありふれた風景のど真ん中にだ。私にはわかっている。取り返しがつかない。異邦の女がやって来るのを見たものは誰もいないし、私の記憶がせいぜい捏造されただけなのかもしれない。それははじめからそうだったのか。そうなることに決まっていたのか。それはほんとうにそうなる運命にあったのだろうか。前世に起こった出来事のなかにいるのでもなく、ここでそれを見ているのでもなければ、同じ言葉が巡ってくることはありえない。

あらゆる使者を迎え入れなければならないのだろうか。使者に魅入られてしまったアブラハム。使者とはたしかに死者の消息を知る者だった。アブラハムを訪れた三人の男たちのように、君たちは思いがけずいつも遠くからやって来る。だが、一度消えたものが、ほんとうに戻って来るかどうかはわからない。ここには生きている者などいない。まるで昨日の朝どこかで見た絵のなかの女のように、永久に眠りから覚めるはずのない女。この静かな部屋。海。私はしばらく途方に暮れるだろう。こうして浜辺の波音は途切れることがない。廊下を行ったり来たりするかすかな軋み。探さなかったと思ったものは、突然別のところで見つかるに決まっているのだから、私が見つけていたのでなければ、私が探すことはなかった。この海辺の家だけが何もかも知っているなどと私は考えない。ここで起こったこと、ここでは起こらなかったこと。その場所だけがそのつどそれを自分のうちに刻み込み、けっして思い出すことなくそれを覚えているとしても、海ほどのことはない。私のまわりには空気がある。

突然、場面が変わる。あの日没、舞台の暗転のような日没がいきなりやって来るのだから。

向こうのほうで電話が鳴っている。立ち上がることがどうしてもできない。

ガブリエルが埋まった庭の隅に大きな樫の木があって、生い茂る葉の下に三人の男が立っているのが見える。強い日差しの下に、私は座っている。

女の死体は部屋のなかから消えていた。私は錯乱などしていない。あいつが帰って来たのだろうか。

II

あいつの家の狭い庭にくたびれたロッキンチェアーを引っぱり出すと、読みかけの本を閉じてうつらうつらしていた。小春日和のその日は申し分なく暖かかった。遠くで電話の呼び鈴が鳴っているのがずっと聞こえていた。家には誰もいない。すべての出来事は、現実のさまざまな瑣事(さじ)は、遠くで演じられていた芝居が終わった後から不意にやって来るようだ。古いリールを巻くように夢を見ていた。この体が私の体であることに変わりはないのに、私には自分の体の部分さえ見ることができなかった。見たくなかった。ここで私は白昼夢のなかを逃げまどっていた。一昨日も、一年前も、十年前もそうだったように、女を殺したからだろうか、ひどい寝汗をかいて、喉がカラカラに渇いていた。こうやってしばらくは生き延びることができる。ほんの少しでも光なしで過ごすことができる。私は何かを我慢していた。あそこへ行かなくてはならない。夢のなかの扉をいくつ開けても、そこにはひと気がなかった。無人の町。生きている者は誰もいない。

電話はまだ鳴り続けている。いろんな声のこだまがここら辺には満ちている。壁の向こうや、壁のなか、生垣の向こう、庭石の下、隣の空き地、小道にある名もなき酒船石（さかふねいし）の下からも声が聞こえる。電話の音だって、そんなふうに聞こえる声のこだまのひとつかもしれなかった。心臓がまた動き始めるなら、反響箱の中にいるように耳のなかに響いてくるだろう。こだまはたまに山の彼方から吹き降ろされる風にかき消されることもある。たいてい声は擦り切れたように、古びてしまったか、かすれて細い糸のようになる。何度耳を傾けようとも、声という声は生きている者の声とは思えない。音がないのだ。かつての筋書き通りにいくわけがなかった。

それとも電話の呼び鈴は、さっきの夢の続きなのか。男たちが三人庭の木の下に立っていた。そもそも無言のまま口を動かしているだけなら、悪夢に始まりなんてなかった。たとえずっと悪夢のなかにいたとしても、夢のなかの息遣いをありありと思い出していたとしても、私はどこかで誰かが見ている何の変哲もない夢の切れ端をただ見ているにすぎなかったのだから、どのみちあらゆる結末はすぐに遠くへ逃げてしまうだろう。

かつての記憶はざくろの実のようなものであるらしい。ほうっておくと、ざくろはカチカチになって石になる。なかにある種子を見ることはできない。いったいその内部で何が生きていたというのか。さっきまで土間にいたはずの死んだ者たち。役に立たないきらめく布のような場所と公式がいたるところにある。風に攫われた洗濯物や楽音のように全員の手から逃れ去る瞬間がある。性懲りもなくいまもそれを、あれを、またそれを生きていたのだろうか。つまり物事のどんな翳りも押しとどめることができないまま、無力に死んでいたのだろうか。

他人の生、死後の生、そして誰それの生。破滅するほどのことは何も起きていない。誰もが呆然としているように見える。海の底に恋人を葬った二人の冒険者たちのように、ただどちらかが、それでいて二人ともが死ぬのをじっと待つだけだ。いや、事件など起きてはいないのだ。だけど本当は何を待っているのかわからない。洗った屍衣のようにはためき遠ざかる記憶の布地のそれぞれの切れ端は、やがて炎の手に委ねられるだろう。それは過去から伸びてきた手だった。そして誰それの人生はそこで生きていた者たちと無関係に焼き尽くされるしかない。

浜辺からここへ帰る途中には、まだ地震で壊れたままの、誰も住んでいない残骸のような廃墟が連なる界隈（かいわい）がある。ひっそりとした暗がりに向かってガブリエルがしきりに吠えていた。死が、そして悲しみがわだかまっている一画がある。死の未来の口がこちらに向かって牙をむいている。じっと息をひそめる影の時間はそこで澱のように沈澱し、誰かの不死の時間を侵食し続けている。だから犬のガブリエルはあんなにも死に向かって吠えていたのだ。


ほんとうに電話が鳴っているらしい。しばらくほうっておいたが、電話は鳴りやむ気配がなかった。なんとか起き上がると、やっとのことで受話器のところまで辿り着く。あいつからだった。

今、仙台空港の国際線にいる、すぐにあっちへ戻らなくちゃならなくなった……。また向こうか?……。ちょっと計画のトラブルがあってね、今度はまた長くなりそうなんだ、悪いけど、ガブリエルの面倒を今回もしばらく頼めないかなと思って……。しばらくって、どうせ何カ月にもなるじゃないか、ここに住むぞ……。もちろんだよ、君の好きに使ってくれ、鍵はいつものところにあるから、悪いな、じゃ、頼んだぞ……。

いや、そうじゃない。

この電話は二年半ほど前のことだ。いずれにせよ、そんなやりとりがあったのに、あいつの愛犬だったガブリエルは私の腕のなかで死んでしまった。


それにしても、さっきのはなんだったのだろう。いつもの目の端に見え隠れするちょっとした幻影のようなものなのか。私はできれば幻覚のなかに入り込んでみたいが、死者の幻覚のなかになど入り込むことはできそうにない。実体のなかに入り込めないのと同じことだ。しかし遠ざかっていく影は生者の足元にも死者の足元にも広がっている。

それとも居眠りの夢の情景の続きが現実の庭で繰り広げられていたのか。この夢と現実の連結はいつもかなりスムーズに行われるらしい。誰によって、あるいは何によって連結がなされるのか。大きな樫の木の下の三人の男なのか。殺す前の女なのか。三人の顔はぼやけてよくわからない。女なんかいない。遠い記憶のなかで出会ったことがあるような気もするけれど、もしかしたらそうではないかもしれない。

庭のプラタナスが雨に打たれて葉っぱを落とす情景が脳裡をよぎる。一年くらい前のことだった。頭から少しずつ血の気が引いていく。突然、目の前のこの情景がどこかここととはまったく別の場所で起こっているつまらない挿話のように思えてくる。いつのことだろう。ここでも例のこだまが聞こえるように、つまらない挿話を呟き続けている誰かがいる。

三人の男をもう一度ここに召喚しなければならない。年老いたアブラハムのもとに三人の使者が訪れる「創世記」の一場面。

焼けつくように暑い日のことだった。昼下がりに（そう、まぎれもなくそれは、少なくとも三千八百年以上前の、今日とたいして代わり映えのしないある昼下がりのことだった）、炎天下の幕屋の入り口にアブラハムが腰かけていると、テレピンの木の下に三人の男が立っているのが見えた。アブラハムは、急いで水とパンを持ってこさせ、三人の客を歓待する。

「よくいらっしゃいました、ここで元気をつけて、これからの旅をどうかお続けください」

アブラハムは不思議な人たちにそう言った。

この三人は人ではなく、そのうちの一人はどうやら神自身であり（「主が姿を現した」と聖書にはある）、あとの二人は天使であるらしい。彼らはソドムとゴモラを滅ぼしにやって来た皆殺しの天使たちであった。

アブラハムは正しい者がその町にいる限り、ソドムの町を滅ぼさないでほしい、と神に懇願する。

主が言う、

「もしソドムの町に五十人の正しい人がいるのを見たら、私は彼らをかえりみて、その町のすべてを許そう」

アブラハムは言った、

「五十人と言っても、それには五人足りないかもしれません。その五人のために主は町をすべて滅ぼされてしまうのですか」

「四十五人の正しい人がいるなら、滅ぼすことはすまい」

アブラハムはなおも食い下がる、

「四十人しかいないかもしれません」

「その四十人のために滅ぼすことはすまい」

「もしかしたら三十人かもしれません」

「その三十人のために滅ぼすことはすまい」

「いいえ、あえて申し上げます、二十人しかいないかもしれません」

「その二十人のために滅ぼすことはすまい」

「もう一度だけ申し上げます、どうかお怒りにならないでください、もしかしたら十人しかいないかもしれません」

「その十人のために私が滅ぼすことはないだろう」

そう言って男たちはその場を立ち去った。

二人の御使いは夕暮れ時にソドムに着いた。アブラハムの弟の子であるロトがソドムの門の前に座っていたときのことであった。

次の日の明け方に、天使たちは、自分たちを客として丁重に迎え、そしてソドムの同性愛の住民たちの横暴から守ってくれたロトをせきたてて、妻と二人の娘とともにソドムから逃げるように促した。ソドムの住人たちはロトの家に押し入って、神の使者たちのオカマを掘ろうとしていたのだった。

「立って、出て行け、主がこの町を滅ぼそうとしておられる」

天使である使者はロトにそう言った。

正しい者は十人もいなかったのである。

そして陽が昇ろうとしたまさにそのとき、硫黄と火の雨によって悪徳の都ソドムは破壊し尽くされたのである。ロトの妻は逃げる途中で後ろを振り向いたために、塩の柱になってしまった。天使たちは、町のほうを振り向いてはならないと告げていた。悔恨や憐憫（れんびん）のそぶりすら許されなかったのである。

翌朝早くに、アブラハムが谷を一望のもとに見渡せる丘に立つと、竈（かまど）の煙のように地から煙が立ちのぼるのが見えた。その谷、その住民、その木々、その地はこうして滅んだのだ。

その家は海沿いにあって、すぐ後ろが山の切り立った断崖になっている。近くの松林の前に、誰が手入れしているのか小さな葡萄棚（ぶどうだな）があって、潮風にあおられたからだろうか、たいてい葡萄の葉っぱは枯れている。海風に乗って松脂（まつやに）の香りがすることもある。都会なのに、夜になると鼬（いたち）や狸が出没し、たまに白鷺（しらさぎ）も飛んでくる。ここはあいつの生家だったのだが、ずいぶん前から誰も住まなくなっていた。

驚かせてやろうと、垣根のすき間から庭のなかへそっと入ると、まるまると太った雌のアメリカンコッカスパニエルがちゃんと尾っぽを振りながら待っていた。やあ、ガブリエル。

庭には、塗料の剝げ落ちた、雨ざらしの古い大きな籐椅子があって、あいつもよくこの籐椅子で昼寝をしたものだった。私はそれを庭の真ん中にもってくると、なんとなくそこに腰を下ろした。もう最悪の場面を予想することもない。ガブリエルがいつものように膝の上に飛び乗ってくる。

適当な広さの庭にしては大きな樫の古木があり、雑草の葉むれの匂いがしている。日陰にいる私の頭越しに寄せては返す規則正しい波の音が聞こえる。まっすぐな光線は緑色に変わり、人を覚醒させる。水平線は金色をまぶした青色に染まって、白く沸き立つ波頭がこちらに少しずつ押し寄せてくるのがわかる。誰もいない。この情景を見ている者はひとりもいない。漁師の小さな船が通り過ぎる。半透明に透けた真昼の月が波の上に出ていることもある。

不意に、破けた夏の麦藁帽子（むぎわらぼうし）を思い出す。月が出ていれば、麦藁帽子を持ってこっそり家を抜け出すこともできただろう。古びた家並みが続くひっそりとした板塀の道から海に出ることもできた。打ち上げられた小舟には、夜、船虫は見つからない。赤いカサゴも、タコ漁の壺もない。昼には浜辺の後ろに豊かに実っていた小さな木苺（きいちご）も、イバラの茂みも、遠くの山並みも見えない。貝殻がときおり月光ににぶく光っているだけだった。淡い薔薇色をした貝殻は真珠のように半透明ではなかったが、はっとするほど新鮮に見える。それはじっと動かない。生きているのか死んでいるのかわからない貝殻を拾って、それから砂の上に捨てる。

……またしてもいつの間にか眠り込んでしまったようだった。もう午後が傾きかけていた。向こうで、ずっと九月の波の寄せては返す音が楽曲にとって何の効果ももたらさない通奏低音のように続いていた。音楽のことを語ろうにも、旋律は聞こえない。

途切れることのない波音。誰もそれを聞いていないときにも、ほんとうに海はそこにあったのだろうか。無人の海。法螺貝（ほらがい）のなかで永久にやむことのない遠くの潮騒。何かが停滞し始める。他の場所であっても、望むなら同じことが起きる。そしてそこにはもう空と水しか存在しないのだ。ひとつに交じり合って、確かな実質をなくした青の縁（へり）。いま私が見ている眩暈（めまい）のするようなこの地球の端っこ。青空と海原は鮮やかなひとつの切り立った縁だった。この一瞬を私は長いあいだ感じることができるし、そのことに何のためらいも覚えないだろう。

　見ると、今年も例年どおり庭のハイビスカスが赤い花をたくさんつけた。ガブリエルを膝から降ろすと、起き上がって伸びをする。遠くのかすかな喧騒が不意にやむ。いきなり後ろのほうで、雀たちがいっせいに乾いた音を立てて飛び立つ。フォークナーの小説『アブサロム、アブサロム』の冒頭の一節。水彩画のような藤の花、そして雀がいっせいに羽ばたく音。光のなかに舞い上がる乾いた埃、甘くむせ返るような死棺の匂い……

　庭の外へガブリエルを連れて出る。海はすぐ目と鼻の先だ。あとは頭を働かせることもなく、ただ灰色の波音を見るだけ。私はいつになく優しい気持ちになった。何かが始まり、そしてそれが終わるという考えを頭から追い出す。ガブリエルと一緒に久しぶりに海岸の端まで行ってみよう。午後の終わりの浜辺が一番いい。それもまったくひと気のないときの。正午と黄昏（たそがれ）のあいだをさまよう幽霊になったみたいに。

　まだしばらく太陽は高かった。蟬が思い出したようにまた喧しく鳴き始めた。冬なのだから、耳鳴りか空耳だった。朽ちた小舟の残骸が半分砂に埋もれて打ち捨てられている。おびただしい数の船虫が、人の足音に驚いて、腐った黒い流木の陰にいっせいに隠れたように思った。ガブリエルと一緒に、長いこと浜辺を歩いた。青空のほうへ向かって、最悪の事態は消えた。私たちはいつものように世界に別れを告げてきたばかりなのだ。ガブリエルはもう一度こちらを見上げると、耳を風に靡かせながら浜辺の向こうまで走り、それから大急ぎで戻ってくる。

もう夏が終わろうとしていた。季節の移ろいは早くなり、ここにいる者たちだけが取り残される。ガブリエルと一緒に波打ち際からおかしな形の雲を見上げた。瞬間を数えながら、ガブリエルの王国がどこまで広がっているのか確かめる。苦しげな光はない。流れる水のような、液体のような光。ここでこんな光は稀にしか見ることがない。波頭が遥か向こうで一瞬見えなくなる。ガブリエルはすべてを埋め尽くさんばかりの白く長い光を浴びている。

沖のほうへ目をやると、遠くで銀色の小舟が波間に漂い、見え隠れしている。湿った風と潮の香りを含んだ明るい大気のなかで、ガブリエルを含めたすべてが昨日の静止画像のようであり、この動かぬ非現実の一個の細部をつくりだしていた。迫り上がるきらめく光の中に影はないが、太陽の姿も見当たらない。何年も前の光源。死者たちの光源。そして突然、ここまで夕日が射す。帰ろうか、ガブリエル。ガブリエルは舌を出して、またうれしそうに砂浜を駆け出した。

荒れた別の日の海。すごい速さで移動する、狂ったようなちぎれ雲。家を出るとき、庭の芭蕉の葉の上に雨だれが打ちつけ、葉は強制的にお辞儀でもさせられるように地面に届くほど下を向いていた。低い空がさらに重く垂れ込め、風をともなって雨脚がしだいに強くなる。ぐるぐる回る思考を固定できない。ごまかすことはできない。海はそれを強要する。不愉快で非情な感じの薄汚い海原。カモメが三羽荒れすさぶ波間にプラスチックのおもちゃのように浮かんでいる。肌にまとわりつく、ねばねばした、窒息しそうな大気。息ができない。海を見ていると、冷や汗が頬を伝って流れ落ちてくる。海が走っている。カモメはすでにどこかへ消えている。波は海が絶えず描いていたものだったはずなのに、波と海は分離し、それを顧みることなく荒れ狂っている。

ずぶ濡れになって、悪寒がし、さらに気分が悪くなる。船酔いに襲われたみたいだ。地震に遭ってから、浜辺に来ると必ず気分が悪くなる。空虚で、灰色の、血の気の失せた海。残忍な海。波が怒ったようにゴミを巻き上げ、浜辺に打ち上げている。死人の見るような視界はショートして、何も考えられなくなる。汗がとめどなく顔と背中を流れ落ちる。それからびしょ濡れになりながら、膝をついて、もどすだけもどした。吐いて、吐いて、吐きまくった、吐くものがなくなるまで、何度も何度も、濡れそぼった砂の上に。

ここは、みんなから「おじいさん」と呼ばれていたあいつの父親が建てた家だったが、ずいぶん暴力的なところがあった父親は突然いなくなった。近所では息子が殺したのではないかという妙な噂が立ったこともある。

そっとだだっ広い居間に入る。まもなく日が暮れるだろう。ひっそりとした部屋の隅から、もう死んでしまったはずのガブリエルは私の知らないあいだにあいつの父親のようにどこかに姿を消してしまったらしい。そんなふうに考えることにする。以前はかなりの量の本が壁に据えつけられた書棚にずらっと並んでいたのだが、いまは数冊を残して何もない。売っちまったんだ、邪魔だから、前にあいつはそう言ったきりだった。

くたびれたソファと椅子と小さな古いテーブル、ウィスキーの壜が数本、壊れかけの古いシャンデリアと赤い模様の傘のついたスタンドランプ、かなり年代物のピアノ、ジャズとクラシックのレコードが少し、それで全部だ。忘れられるか、否認されるだけの細部など必要ない。カビ臭い細部は生きている者たちのためにあるのだが、この部屋にはまだ何かを待ち伏せている気配があった。黄色い陽が斜めに射し込みはじめている。勝手はわかっている。今日はこのあいだの女もいない。

異邦の女。連絡もない。魅力的であることに変わりはない彼女が私の恋人だったことは一度もなかった、と考えてみる。ライティングビューローの上に置いておいたあいつの手紙も彼女は無視して読まなかった。古ぼけた手紙など。

暗闇のなかに小さな光が旋回しているのが見える。蛍なのだろうか。いや、急速にあちこちを飛び回るお前の顰め面だ。割れた地面から飛び出した火の玉だ。古い劇場の舞台が突然傾き、ぼろぼろになって崩れ落ちる。目の前の地平線が火に包まれる。キリンが炎を上げながら走っている。血、叫び、怒号。すごい轟音だ。片目で世界を見ているように、無明の遠い記憶が炸裂するかのように、揺れ動く山並み、金色に光の帯を放つ稜線、緑色の小人たち。一瞬にしてすべての動きが停止する。

突然、目の前を裸の大男が走り抜け、向こう側のカーテンの陰に消えてしまう。世界はただのお粗末な余興にすぎなかった。裸のダヴィデ像がものすごい形相でお前を睨みつけた。大理石でできた裸の聖女がけらけら笑いながらお前の頭上をふわふわ漂っている。ヴエールを被っているが、殺した女に違いない。下のほうで、ずっと下のほうで、相変わらずどしゃぶりの雨が降っている。少しずつ冷えていく紅茶のような生など願い下げだ。お前はそう思っていた。

猛烈なスピードのなかでお前は腕を組んだまま身じろぎひとつしない。ダス・オーゲンリヒト。恐ろしい眼の光が、最初の眼の光がお前を狙っている。ただひとつの光だけが、ただひとつの光だけが……。焦って、石の床にひっくり返る。頭が割れてしまうような大鐘が耳のそばで鳴り響く。半分だけ開かれた口から、そっとため息が洩れ、ため息からは無数の蛭（ひる）が出てくる。これほどの静寂のなかで恐ろしい言葉が発せられようとしている。

　殺された聖女がお前の腕に嚙みつく、すっ裸のまま異邦の女がそうしたみたいに。眉間にしわを寄せて、矢を突き刺そうとしているお前。追放の海。急旋回して、落下していく爆撃機。弧を描きながら、戦闘機は視界から消える。見ると、部屋の中央が轟音を上げながら渦を巻いている。彫像を持ち上げ、お前に向かって投げつける。お前のことだ、お前のことだ……


　突然、すべての風景が、電荷を帯び始める。電離層から何かが四方八方に放射される。弦は高鳴り、あり得ないクライマックスへ向かってすべてを激しい不安のうちに迫り上げていく。やがて水は空気となり、空気は液化し、火が土気を帯び、いまにも土は燃え上がるだろう。高潮が押し寄せ、波を前にしてお前はじっとしたままだ。

　そこでお前が体ごと没入していた瞑想。この酩酊、それは何の停止の真似事なのか。燃え上がる虚無ではなく、虚無をえぐりとる苦しみだ。血の滴（したた）るような制裁、あの絶対の停止の切れ端が、こうして音となって肉体を鉛の雲のようなものに変えてしまう。ここでお前は目をかたく閉じる。耳をつんざくような静寂のなかで目を閉じる。それから何かが漂っていく。砂漠に照りつける光線のように、すべての閉ざされた視界のなかの一点。

あいつが向こうに戻ってすぐのことだった。ガブリエルに食事の世話をしてから、ソファに横になった。なぜか干上がったようになっていた。風邪をひいた。熱も少しある。手を伸ばして、あいつの煙草を探したが、見つからなかった。立って台所へ水を飲みに行くと、なぜか冷蔵庫のなかにフランスの煙草が入っていた。ボワイヤール。一服吸ってむせてしまった。すごくきついが、とてもうまい。高級な煙草らしい。

夕陽が斜めに鋭く食卓を照らしていた。光を見るなどと言うが、光を見ることなどできるのだろうか。家の外でピアノの音がいつものように聞こえていた。ガブリエルがしきりに玄関に向かって吠えている。また幽霊でもいるのだろうか。呼び鈴が鳴る。俺は恐る恐る玄関に出る。玄関にぼんやり立っていたのはあいつの彼女だった。そのとき会うのはまだ三度目だった。

お久しぶり、やっぱりあなたがいたのね、彼、なんにも言わないものだから……。まあ、どうぞ、上がれば……。俺はソファに投げ出しておいたレコードを片づける。異邦の女は何も言わずに、わざとそうするようにゆっくり別のボロ椅子に腰かける。と、突然、すごい音を立てて、女は椅子ごと床に仰向けにひっくり返る。少しタイトで短めのスカートから両の太腿と下着があらわになっている。彼女はむきだしの長い脚を隠そうともしない。あっ、その椅子壊れてて……。はやく言ってくれればいいじゃない。もう、びっくりしたんだから……。

まったくいけ好かない女だ。年下なのに顔色ひとつ変えずにずけずけ喋る。で、彼から連絡はあるのかしら……。脚をむき出しにしたまま彼女が言う。一度電話があったけど、きみに連絡は？……。ここへ来る途中、流れ星を見たわ……。どちらかと言えば、不吉だな……。

そのとき突然私は気づいたのだった。こんなことは全部無意味なのだ、と。

十七世紀イギリスの作曲家ウィリアム・ローズのレコード『ファンタジー』第一楽章をかける。家の外をゆっくり雲が動いてゆく。午後五時前。陽が傾き始め、西の空がぼんやりと光りだす。遠ざけられた別の時間が戻ってきたのだろうか。そして古い大気が震える。そもそも空は大地よりはるかに古いものなのだ。遠回しに回帰するものなど何もない。ヴィオラが微かに微かに始動しはじめる。三百五十年前。いいお天気だ。ほんのわずかな振動、微妙な下降と上昇を繰り返し、弦がそこで未来の戦き(おのの)に向かって自身を投げ出そうとしている。再び思い出したように雲間から矢のように最後の陽が射してくる。

あのなつかしい顔が中空にぼんやりと浮かび上がって見える。灰色の海のこちら側。浜辺の向こうへ雲が逃げてゆく。ドルチェ・ヴィータ。どのようにでもそれを思い描くことができる。頭上をトンビが旋回している。トンビは大きな弧を描き、私は空中の千の絵だけを見つめていた。
浜辺に三つ編みの少女がいる。まだほんの少ししか穢れを知らない。彼女が笑いながら少しだけ髪を揺すると、髪の毛から甘く強い藤の花の香りがする。さっきまで彼女は海を見下ろす藤棚の下にいた。彼女は慣れない手つきで煙草を吸って、まぶしそうに大きな目を細めると、宝石を散りばめたようにきらめく水平線をじっと見ていた。淡い光のなかで、そよ風が彼女の肌を水平にかすめ、薄い若草色のブラウスをふくらませている。彼女は、マリエンバードですれ違った物乞いの少女のように口をとがらせて少し怒った表情をすると、それから下を向いた。彼女はいっときだけここに実在する振りをしていたのだろうか。

別の日。浜辺には、幼女を抱いた着物姿の老女が立って、海を見ていた。お婆さんに後ろ向きに抱かれた小さな女の子は、ガブリエルがそばまで駆け寄ると、ガブリエルをじっと見てしきりに笑っている。ダウン症特有の表情をした彼女は犬が大好きらしい。彼女の顔に複数の光が当たって、細かい光の玉が飛ぶように動いている。顔がモアレに覆われる。彼女は砂浜に降り立つと、手を振りながら大きく口を開けてもう一度大きな声で笑う。彼女はほんとうにあどけない顔をしている。誰の言いなりにもならない。人が彼女たちの特徴を「天使の痕跡」と呼ぶわけがよくわかる。天使の痕跡という言葉は私のあらゆる不調のなかに入り込む。

ガブリエルが飛ぶように彼女のもとへ駆け寄ると、彼女の顔をなめはじめた。彼女は、キャッ、キャッと笑い声を上げる。笑い声を聞いていると、彼女が私の実在を疑っているのではないかという気がしてくる。しばらく少女とガブリエルは砂の上で鬼ごっこをやっていた。

海面を黒い鳥が滑空する。潮は少しずつ満ちていき、海が膨らみ、波が高くなる。黙って老女と一緒にそれを眺めた。波は足元で砕ける。このあたりではそれほど流れは早くないのに、釣り人をあまり見かけない。大きな雲の塊(かたまり)が頭上を通り過ぎる。もうすっかり秋だ。

老女に軽く会釈をして、ガブリエルを引っ張ると、砂浜の向こう側までゆっくりと歩いていく。バイバイ。さようなら。バイバイ、バイバイ。小さな女の子はお婆さんに抱かれたまま遠くから手を振って、ガブリエルが帰っていくのを目を離すことなくずっと追っていた。確かなことがあった。確かな何かが起きているのに、誰もそれを捕まえようとはしなかった。笑い声が聞こえていた。黄色い陽が斜めに彼女たちを射抜き、つらぬいていた。カモメが頭上斜め方向にゆっくりと旋回している。彼女は死んでしまったガブリエルに手を振るのをいつまでもやめようとはしなかった。

別のシナリオを想像してみよう。

口の中に塩っ辛い海の味が広がる。口が大きな穴のようになって、水が零れる。夜になった。波の上に円い月が出ている。磯馴松(そなれまつ)の上を強い風が吹き渡る。右のポケットには薔薇色に反射する貝殻。ナイフもロープもちびた鉛筆も入っていない。波に打ち上げられ傷だらけになった何かの固い実を拾った。この海辺にはないはずのハシバミの実だった。どこから流れ着いたのだろう。私はハシバミの実など探していなかった。海風にあおられて、女の髪の毛が顔に触れた感じがした。私の眼前で、すべてが動きを止めた。

音もなく幕が上がったのだ。それが始まりだった。

庭の向こうの天空の帳(とばり)、それがじょじょに広がり、空に溶けてしまう。とぎれとぎれに受難の開始を告げる遠い谺(こだま)のように、モンテヴェルディのミサ曲がかすかに聞こえている。チチチという鳥の声に混じって、空中にわだかまり、それから螺旋(らせん)を描く声の上昇。そうして落下の前触れが伝わり、突然、空がここまで落ちてくる。

陽が明かり取りの小さな窓から斜めに射し込んでいた。床が燃えている。油の海、燃え上がる海原のような、灼熱の最後の輝き。それはしだいに弱まり、いずれは消えてしまう。時は迫っている。

お前がさっき女を殺したのだった。殺したのはお前だ。部屋に死体はなかった。あいつが海外から戻って死体を庭の隅の大きな樫の木の下に埋めたのだろうか。部屋からそれを片づけたのはお前ではない。お前にはそんなこともできなかった。

お前はそっと顔を上げる。三人の男たちが叫んでいる。まるで私を非難するかのように。男たちの姿は霧がかかったように霞んでいき、やがて何も見えなくなる。

二〇一九年一月某日

やっとのことでおじさんの小説を読み終えた。そんなに現代小説を読みつけていないので、読むのにけっこう苦労した。外国文学を読んでいるような気分だった。おじさんにしては現代的な感じがしたし、いつものおじさんのトーンとは少しばかり違っているが、まあ、おじさんらしい小説と言えばそうなのだろう。僕にはとても小説の論評をやる技量はないから、後で小説一般について書かれたおじさん自身の手記を引用しておこう。

ところで、この小説では、「三」が基本になっているのだろうか。それが気になった。僕はいつも数字が気になる。私とあいつと女も三人だ。三人の使者とか、庭の向こうに立っている三人の男たちとか、アブラハムの挿話とかを読むと、蚕ノ社の三柱鳥居のことをすぐに思い起こした。でもこれは根拠のない僕の単なるイメージで、たぶん的外れだろう。

それに葉菜ちゃんと一緒に見た蚕ノ社の三柱鳥居は真水の上に浮かんでいて、この不思議な鳥居はその季節になれば鬱蒼と茂る森に囲まれた池の真ん中にあるが、この小説の水は絶えずその姿を変える海だったし、これはまったく意味合いが違うと思う。三柱鳥居は厳か（おごそ）で神秘的なものだが、聖書のアブラハムの話を含めて、おじさんの使者たちは不吉なだけではなく、そもそもどこか冒瀆的に感じる。

では、小説について書かれた以前のおじさん自身の手記より。

何人かの登場人物たちがいる。語り手を含めて全員がすでに死んでいることを作者は隠している。そう明記しないことによって、死者たちはそのまま使者と化すかもしれない。登場人物たちの喋る言葉は、どこか宙に浮いていて、生活や記憶だけでなく、すべての実体を欠いているようであるし、死人たちの声がいつもどこからともなく聞こえてくるかのようである。実際、それは死者たちの声の谺である。それに名前を明示されない「彼」というのは誰のことなのか。登場人物として考えたとすれば、「彼」は本当にいたのか。それとも実在していたのは「彼」だけなのだろうか。主人公は実は「海」や「山」や「砂漠」や「家屋」だったりするのだろうか。小説で起きていることは全部誰もが忘れかけている遠い過去のことで、決定的に何かが過ぎ去ってしまった後の出来事のように思われる。小説はそんな矛盾した時間のなかにわれわれを沈潜させ、言葉の行く末を追うにつれて、否応なしにその一刻一刻を強制する。時制はことごとく混乱するほかないし、どこか強迫的、脅迫的である。

時間は逆転しているだけではなく、話は元へと戻り、何かが起こったのに、実はこれから何かが起こるようには何も起きてはいない。ただひとつ言えることは、それでいてこれから小説の話の外で起きるもっと別のこと以外に何かが起こりようはないということである。つまり小説の外というものはないのだし、別のことは別のことなので、何かが起こり得ない予感は小説をますます根拠のないものにして、そのまま進行することがありえたかもしれないプロットを宙吊りにしている。つまり小説は始まったときからすでに終わっている。この世界は人を窒息状態に投げ込むように閉じていて、あまつさえあまりにも堅固である。

小説のことを何も知らないので、僕には正確なところはわからないけれど、この手記の文章は先に貼りつけたおじさん自身の小説についてもかなりよくあてはまる気がする。

蛇足をひとつだけ。殺された女性だけど、おじさんは少女趣味ではないにしても、女嫌いで、つまるところが女性蔑視ではないかと訝りたくなる。おじさんの実際の女性関係については何も知らないけれど……。

読み終えた途端、本当に女性を殺したことがあるのかと思えて少し不安になった。それとも女性はただの妄想で、実在していないのだろうか。この小説はフィクションなのか、それとも実話なのか、わからなくなってきた。

一月次の日

昨日、おじさんの小説についてひとつ言い忘れたことがある。

小説に描かれたあの海はどこの海だろう。仙台の海なのだろうか。仙台の海には行ったことがないけれど、違うような感じもする。もっと南の海ではないか。

浜辺の家。やはりあの小説は実話だったのだろうか。だんだんそんな気がしてくる。そう、僕が生まれたのも同じように海辺の家だったから。

砂浜と庭を隔てる垣根には昼顔が咲いていた。波打ち際が目と鼻の先に見えた。この家はもう記憶の彼方にしかないのだが、僕が幸福だったとすれば、そこに住んだことがあったからだという気がしてくる。おじさんの小説とはまるで違って、そんな風に思う。いつも日は柔らかく、雲は遠く、空は高かった。

海のすぐそばで暮らしたことだけがよかったわけではない。家の北側は板塀の続く、どこかしら風情のある静かな道で、昼間でもひっそりしていたが、暗くはなく、酒造家の酒蔵がいくつか並んでいた。僕は小さかったけれど、この道が好きで、家の誰かと一緒に（たぶんたいていは叔母の義理の妹だったと思う、彼女は何歳くらいだったのだろう、老婆ではないとしても、そんなに若くなかったはずだ）よく酒蔵の塀にもたれていた記憶がある。いつも海のほうから潮の匂いがしていた。

波音の絶えない、酒蔵のある町……。でもいまはかつての浜辺は埋め立てられ、工場や倉庫が立ち並び、あたりの風景が一変してしまった。あのころの面影はまったくない。

潮騒の音はいまでも僕の耳のなかにあるが、それでも本当のことを言えば僕は海があまり好きではない。苦手と言ってもいいくらいである。子供のころから僕は海が怖い。雨が降っていたりすると、もっと怖い。いくら汚染されていようと（当時はきれいな海だった）、最後まで犯されるはずのない海は残忍に見える。遠くに死があるとすれば、それはきっと海のなかにある。幽暗な水の領域に自分の半身があるとすれば、想像するだけで戦慄を覚えてしまう。息が苦しくなる。どちらかと言えば、山にいて、緑に囲まれているほうがいい。この町は海と山が近いのでいつも山のほうを向けば山が見えるし、それが僕の救いだった。

それでも山の中腹まで登ると決まっていつも海が見えてしまう。わざわざ振り返らなければいいのに……。自分でそう思う。でもどこにいようと、屋根の上に登ると、その町に海がなくても、いつも屋根屋根のずっと向こうから喧騒のように低い海鳴りが聞こえてくる。

二月某日

久方ぶりにおじいさんの「脱腸亭日乗」より。

古刹も何もあったものではないわ。隣の禅宗の寺からは誦経の声もお鈴も木魚の音もめったに聞こえてこんし、この坊主はいったい何をやっているのじゃろうか。今日の昼過ぎのことであるが、垣根越しに、裏の坊主が庭を竹箒で掃いているのを見かけた。そのときは、あ、掃いておるわ、とわしは思っただけであった。三時間ほどたって再び見てみると、ヒロポンでもやっていたのか、和尚は血走った目をして円を描くように同じところを掃き続けているではないか。

死ぬまで掃いていろ！　箒だけがそれを知っているぞ！

何を糊塗しようが、裏の坊主は尻丸出しじゃ。もともと落ち着きのない裏の坊主はずっと動きを止められない多動症の子供のようであるが、ずいぶんな子供である。独楽が澄むごとく一見動きを止めたように見えるものがあるが、この坊主には想像だにできないことであろう。しかしそれは一見のことにすぎぬ。実際、独楽は高速で回転していて止まってはいないのである。独楽は止まると倒れてしまう。それによく見ていたら箒は輪を描いておらんかった。坊主が地面に描いていたのはただの棒であった。

隣の和尚がよく庭を掃いているのは知っているし、何をしているのか、何時間も同じところを掃き続けているのを見たこともある。あまりに不気味なので、そういう日は危険だし、見つからないように隠れることにしている。和尚がいないときは、フィーフィーが境内をうろうろしていることがある。よからぬことを考えているに違いない。そういう日もとにかく剣呑（けんのん）だ。

二月翌日

昨日帰ってみるとおじいさんが若い女と居間で話をしていた、と今朝おじさんが尋ねもしないのに僕に向かって言った。ちょうどそのとき玄関の引き戸が慌ただしく開く音がして、玄関先で犬が吠え、隣の和尚が大声で何か喚いていたが、おじさんも僕も居留守を使って無視を決め込んだ。しばらくすると元のように静かになった。後で覗いてみると、玄関前に水が打ってあった。

女性がちょうどお茶を淹（い）れているところでね、俺にも勧めてくれたんだが、知らない人だし、バツが悪いし、用があるから失礼しますって早々に退散したよ、じいさんもなかなか隅におけないなあ、あんな若い女と何を話し込むことがあるんだろうね、一緒に暮らす算段でもしていたのかな、それならそれでいいけど、俺は行くところがなかったので、ちょい早い時間すぎるとも思ったが、濱田酒房へ飲みに行った、出て行くしかなかったんだ。

おじさんはそう捨て台詞を残すと、またそそくさと出て行った。

二月その三日後

おじいさんが珍しく家にいたので、先日は女性のお客さんだったらしいね、と僕が言うと、女の客？　客など来ておらん、わしは墓参りに行っておったんじゃ、という返事だった。墓は見つからんかった、空っぽでない墓などどこにもないわ、去る者は日々に疎し、春風になどまだ吹かれてはおらん、おじいさんはそうつけ加えた。いつもの捨て台詞である。どうでもいいので詮索はよすことにした。

でも、墓参りといっても、いったい誰の墓なのだろう、と頭の片隅で思った。おじいさんが墓参りに行ったなどという話は今まで一度として聞いたことがない。誰のお墓？　さっきそう聞いたら、誰の墓でもないわ、人間、墓参りに墓地へ出向いたからといって亡くなった者が歩いているとは限らん、歩いていたのはわしだ、年齢のない奴だけがおるわ、それが墓場だ、墓場に虹が出ていたので見に行ったまでじゃ。

それがああ言えばこう言うおじいさんの返事だった。

三月某日

最近おじいさんはずっと姿が見えない。今朝、日記を見たら、新しい記述があった。これはおじいさんの十八番のようで、この話は前にも聞いたことがある。久方ぶりのおじいさんの「脱腸亭日乗」より。

最近、記憶があやふやになってきたきらいがあり、どうもよろしくない。備忘録としてこれを記す。わし自身のためである。大昔、祖母から夜ごと寝物語として聞いた話である。


昔々あるところにおばあさんがおりました。

おばあさんが畑を耕していると、向こうのほうから旅人がやって来るのが見えました。

しばらくすると近所の子供が息せき切って駆けつけてくると、おばあさんに言いました。

ほら、あそこのあの人、畑の肥溜のなかに首まで浸かって、うんこやおしっこがぐちゅぐちゅになったのを頭からかけてるよ。

あれはのう、とおばあさんは言いました。狸にばかされておるんじゃ、温泉にでも浸かってるつもりになっとるわい。

いい湯だな。旅人はさも気持ちよさげにいつまでもからだをごしごしこすっておりました。

トンビが一羽、空高く旋回していましたが、青空には雲ひとつありません。よく晴れた、呆けたような空でした。

鍬を持つ手をとめて、おばあさんは思いました。

狸にばかされようが、ばかされまいが、とどのつまり自分で自分を騙しておるんじゃ。

馬鹿は死ななきゃ治らんわい。

旅人はからだをこすりすぎたのか、真っ赤になった首から肩にかけて、日が傾きかけても、何遍となく糞尿を注いでおりました。


この話はどこかこの国の現状のようでもあるが、僕であれば、これに次のようにつけ加えたい……


黄昏が近づく前に、おばあさんは畑を耕す手を止めました。日が傾きかけていました。

今日の仕事はおしまいです。

おばあさんが帰るさ、まだ旅人が肥溜に入っていたので、振り返ってじっと目を凝らしてみました。逆光のなかでこえたんごに浸かっていたのは、何とまあ、旅人ではなくおじいさんでした。

四月某日
おじさんの手記。長いのでコピーを貼りつけた。もう筆写する気力は失せている。今日のおじさんの手記の文章はあまり好きになれないが、気になった。何かおじさんの様子がいつもと違うようだから。どこか神妙な感じもする。どうしたのだろう。背中が見えるようだ。後ろ姿。また嫌な四月になった。

結局のところ、私を撮った写真のなかで私が照準を定めるもの、それは死である。死はこの写真のエイドス（形相）である。（…）冒険の原理によって私は写真を存在させることができるようになる。逆に、冒険がなければ、写真はない。（…）この陰気な砂漠のなかで、ある写真が、突然、私のもとへとやって来る。その写真は私を活気づけ、私はその写真を活気づける。

ロラン・バルト『明るい部屋』

語り手がこれらの登場人物のうちの誰であるのか、そんなことはたいして重要ではない。いまこうしてこれを書いているのだから、彼らのうちの数少ない生き残りのひとりであることはたぶん間違いないのだろう。

それとも、「いまこうしてこれを書いているのだから」という文章をいま書いたのだから、ある意味で、映写機によってスクリーンの上で壊れたような同じ動作を繰り返すだけで他に為す術（すべ）もない登場人物たちと同じように、語り手自身もまた、何事もなかったかのように幾度となく最初から再開されるフィルムのなかからは、けっして出て行くことができないみたいにすべては進行していたのだろうか。そうであれば、波打ったり色褪せたりした印画紙やスクリーンのせいで少しだけずれてしまったひとつの世界のなかで、しかしある角度から見ればこの世界と寸分違わぬように見える世界のなかで、語り手は生きていなかったことになるのだろうか。

　バルトは写真において「私の特殊性はもはやけっして普遍的なものとはなりえないだろう」と言っていた。それを考えると、むしろ苦笑いしたくなってしてしまう。ああ、誰それは、そして語り手は、かつて存在したのだ。存在するとはこの特殊性のうちにあることである。法則はどこにあったのか。現象は過ぎ去り、私は法則を探す。

　語り手たちのいた世界が何に似ていたのかは結局よくわからない。昔、みんなが回し読みしていた本のなかの印象的な一節を思い出す。勇敢な若者だったその著者は有無を言わせぬ有罪宣告に戦いを挑んでいた。世界は彼らを断罪していた。奴らが彼らに言った、「おまえたちはもうすぐ死ぬだろう」と。自分たちが目の当たりにしていた混沌は、そこからは何も始まるはずのないほんとうの終わりの始まりだった。そんな不可能な未来のことを語りながらその本を書き始めた著者は、ほどなくしてダンケルクの戦いで戦死することになる。

　道化の王、火炙りになった阿呆の王のような死が無数の無名の死と重なり、たしかにすでにいたるところでその巨大な姿を現した時代だった。君たちは死ぬだろう、君たちは死

ぬだろう、君たちは死ぬだろう……。だがそれを呪文のように三回繰り返せば、これだって雲をつかむような話になってしまうかもしれない。もしかしたら、それを誰が言ったのであれ、それがどこで言われたのであれ、引きつった笑いとは無関係に情け容赦のないこと、あまりにも儀式的なものからかけ離れたように見えて、実はそうではなかった不正があるということなのか。

だが、死ぬって、いったい誰が？　それは写真を二重に裏返す憑依の波動のように伝染するかもしれない。そしてまさにいまこれを書いている最中なのだから、語り手が死ぬことはけっしてないはずだった。自分の靴紐を持ち上げて宙に浮いていたあの少年詩人か、どこかのペテン師のように？　さあ、それだって怪しい。結局のところ、強引に印画紙の表面を満たしてしまった時代にあって、誰かさんのソナタの弾き方はあまりにもデタラメだったということかもしれない。

新幹線の駅で別れた二カ月後に彼女は亡くなった。彼女は自分でけりをつけた。知らせてくれたのは、彼女の母親だった。連絡はみんなの知り合いだった女友達のところに来た。短歌の先生をしていた母親は電話で彼女にひとしきり娘の思い出話をした後、丁寧にお礼を言ったそうである。彼女の母に会ったことはない。連絡を受けた女友達はいいお母さんだと言っていた。

不本意な言い方をすれば、彼女が実際にこの世から消えてしまってからすでにもうずいぶん時間が経った。失われた活人画の面影に原型があったかのような、淡い悲しみとともにそれを思い出す。一年、また一年、年月をただ数えるともなく数えていったのかもしれない。だが写真のなかでポーズをとるように、ここで歳月を数えていったい何になるのか。断片をつなぎとめていたものは歳月とともに次第に薄れゆく。そのことはわかっている。だが人はそのこと自体の突然の啓示によってここへいきなり連れ戻され、停止した時間の頁をひもとくことができないもどかしさからいつも自失することになるのだろう。その画面のまま、その姿そのままで。

誰が彼女の死んだ世界を生き永らえていたのだろうか。あるいは彼女が生きていたはずの、その可能な世界のなかで、生きながらにして誰のものでもない死の生の傍らを生きていたのは誰だろうか。「死の生」と言ったのはすでに発狂しかかっていたヘルダーリンである。人はこの死後の世界を時代も場所も違うまったく異なる世界と絶えず取り替えようとする。人は別の世界のなかでそうとは知らずにあらためてこの世界を夢見ることができると錯覚するが、それを夢見たからといって、それは誰の夢でもなかったりする。

……血が流れた、青髭公の家で、――屠殺場で、――円形競技場のなかで、そこでは神の封印が窓を蒼白く染めた。血と乳が流れた……。

誰かがそんなことを書いていた。誰かなどではない。そう言ったのは少年をやめかけていたランボーだった。

それはほんとうに起こったことなのだが、本から顔を上げて、文字が彷徨いはじめる世界を離れてみれば、やったこと、やらなかったことはいったいどこにあったのだろう。彼女が死んだ世界。彼女が死ななかった世界。誰もが写真をじっと見ていた。

ささやかな遍歴と誰も知らない喜びなどもう時代遅れの不動性のなかで凝固してしまっている。いまではやらない激昂と錯乱と、それでいて名づけようのない熱情と凪(なぎ)を思わせる穏やかな気持ちに似たもの。かつて登場人物のひとりが口癖のように言っていた。何としてももう一度発見しなければならないのだ、と。何を？　だがそんなわけにはいかなかった。埃を透過する視線の光が、つまり光を発し、あるいは眼差しの光を受けたどんな耐え難い映像も、放心の後に残されたような暗い虚空を永久に旅し続けるものであるとしても、それを見たと思った目はいつかは死んでなくなってしまうからである。


いままで何度となく引越しを繰り返してきた時期がある。あちこちを転々としたこともあったし、外国にしばらく住んだこともあった。災害にもあった。そのために、かつての仲間たちが写っていた昔の写真がしだいに散逸してしまい、災害の際にとうとうすべての写真をなくしてしまった。

誰かが当時暇にまかせて、あるいは義務のように写真を撮りまくっていた。それぞれの写真を誰が撮ったのか思い出せないが、なかには二度と撮れないような奇妙な写真があった。写真をなくしたことで、自分の過去がすべて消えてしまったような感触があったし、それはそれである意味すがすがしいものだったが、別段それに対する特別な感慨があるわけでもなかった。それればかりか写真をなくしてしまったこと自体を忘れてしまっていた。「写真」はこうして消滅した。

バルトは「冒険がなければ、写真はない」と言っているが、むしろ写真がなければ、冒険が冒険でなくなる、ということも記憶の縁のあたりでは起こりうるかもしれない。どうして自分がそういうことをしたのかはわからないのだが、昼過ぎに、いままでけっして見ることのなかった、捨ててもいいようなブリキの箱を何となく開けてみた。たいして重要なものは入っていないらしい古い残骸を探っていたとき、その間から数葉の写真がパラパラと砂に混じって足元に落ちてきた。まるで茶封筒のなかにしまわれたまま忘れられた、投函されなかった古い手紙みたいに。彼女の写真だった。

登場人物たちのうちの誰にとってであれ、それはあまりにも思いがけない不意打ちであり、その写真は「イメージ」の外に飛び出たものである。それを過去になされた撮影の瞬間に転嫁することはできない。

その数葉の古い写真のなかで、彼女は少し微笑んだり、まじめくさった顔をしたり、悲しげな表情を浮かべたりしていた。この一瞬の停止はある種の決定であったが、彼女のさえない仏頂面を見るかぎりでは、これらの写真のなかにはたしかに時間の経過というものがあった。いつもどこかで陽が燦々と降りそそぎ、どこかで小雨が降り、どこかで雪が降りしきっていた。

一枚目の写真では、まだ少しふっくらしているように見える彼女はカフェのカウンターに肘（ひじ）をついてこちらをじっと見ていた。彼女は変なボーイスカウトの少女という感じだったが、そのころはまだきれいにお化粧をしていた。

次の数葉の写真では、彼女は道端に捨てられた粗大ゴミの革張りのソファーに女友達と並んで座り、膝を立てて煙草を吸っていた。場所はたぶん新宿の近くだろう。オーストラリアと日本のハーフだったその女友達は、その日はミニスカートのスーツ姿で、鉛筆をくわえながら英字新聞の求人広告を読んでいるようだった。写真のなかの女友達は金縁の眼鏡をかけていて、いつもとはまったく違う感じであったし、どこかの有能な秘書のように見える。当時なら、こんな彼女を見てみんな笑っただろう。黒いスパッツにTシャツを着た写真の彼女は、女友達のほうを向いて、彼女の耳元に何かを囁いていているらしかった。写真のなかの女友達は神経質そうだが聡明な感じで、きびきびとしていたが、当の彼女はすでに少し悲しげで、ぼんやりしているように見える。

他の写真は真昼間に関西の友人宅で撮ったものだった。他の連中も写っているが、彼女は黙り込んだままのように見える。このころの彼女はすでに化粧っ気はまったくなく、洗濯板のように痩せて病み上がりみたいな様子をしている。

彼女はそれらの写真のなかで息をひそめて生きていたとも言えるが、写真の表面を射抜き、錆色に乱反射していたプリズムを透過した反射のようにやがては色褪せようとも消えてしまうことはなく、そのままでは生きることも死ぬこともできない存在だったと言うべきだろう。写真という観念の本質をえぐるような停止もまたたしかに一時停止であるが、写真を通して元のイマージュがそんなふうになるには、すでに夏の終わった街の向こうに陽が沈めば充分だった。言うところの死まではあと少しだった。その未来の死はしかしその写真のなかで何も満たしていない。

それに写真の向こうに広がる遠くの聞き取れないくらいの喧騒のなかには、大きな岩があちこちに転がる誰も行ったことのない幻想の国があった。うんざりだ。こんなしみったれた世界で夏を過ごすことなどできるもんか。いまからすればまだ若造じみたすべての写真からそんな声がもろに聞こえていた。そこは「新しい様式」の対極だった。あるいはそうではなくて、まったく別の事柄がそこで知らぬ間に起きていたのだろうか。かつてならきっと即座にそう言ったにちがいない。写真に何が写っていようと関係あるもんか、写真のなかの人と事物は、自分たちのまったくあずかり知らぬところで動いたり止まったり消えたりしていたのだ、と。

写真をもう一度見た。バルトが言うように、写真は思い出を妨害する。ある意味で素晴らしいものであるこれらの写真の「イマージュ」は、存在ではなく冒険がもたらしたものなのに、けっして過ぎ去ることのない時間のなかで、それ自身の上に呆然と立ちすくんだように、あるいは凍てつき凝固したように身動きできなかった。この停止は永遠の停止であった。イマージュは無と接していた。

我に帰った。実にできすぎた話のようだが、その日は、記憶違いでなければ、彼女の命日だったはずだからだ。これらの写真を何度も見ながら（いや、実際にはもう目を伏せていたかもしれない）、よく晴れたその日の昼下がりをひっそりと過ごした。それから何を思ったのか家の北東にある山あいのダムの近くまで車を走らせると、そこに車を駐めて、ひと気のない涸れたダムの底に横たわる大きな腐った流木を見たりして時間をつぶした。谷間の対岸で百舌（もず）が囀（さえず）るのが聞こえていた。体調はかなり悪かった。

深夜になった。

ついさっき、部屋のドアをコンコンとノックする音がした。扉を何度か開けて廊下を調べてみたが、誰もいない。家のなかは押し黙ったように深閑としている。これは映画ではない。誰もいるはずがないのだ。しばらくして、不意に二回目のノックの音がした。私は気づくともなくそれに気づいた。誰がノックした音なのかはわかっている。間違えようがなかった。その音は弱々しく、優しげで、何と言えばいいのか、じつに女性らしいノックの仕方だったからである。

彼女に対してかつてそんなふうに接していたように、いや、いつもそうできればよかったと少しの後悔とともに後になって思っていたように、無条件にそれを受け入れよう。事実は事実である。受け入れるということが正確に何を意味しているのか自分でもよくわからないし、それがすでにこの世にいない彼女に対して卑劣な振舞いになるのかどうかも知らない。ただはっきりとわかるのだが、何をどう受け入れようと、そのこと自体には次第に影に覆われフェードアウトしていくラストシーンのようなどんな新たな結末もないばかりか、壊れた蓄音機の前で耳を傾けるビクター犬のように、そのこと自体を何度でも受け入れる必要があるだろう。

映画のなかでのことなら、大団円はいつも遅れたころに、あるいは唐突にやって来るか、もしくは話の脈絡自体が曖昧に蒸発してしまったようにいつまでもやって来ないまま終わるかだ。だが実際には機械仕掛けの神がお出ましになることはない。一度起こってしまった事柄はほんとうにすでに起きてしまったことなのか。でもどこで？　いつのことなのか？　時間の継起のなかでは、ＡはＡではなく、またＡ'でもＢでもない。たしかに間の抜けた命題だ。だが一度起こったことに対して刷新された確信を与えるなどほんとうは誰にもできはしない。

ここや、そこでは、いつも突然何かが起こる。そうとは名指せなかった忘却はぼんやりとした不穏な予感にどこまでも似ていて、だからそれをできればことごとく裏切ってやろうという欲望にかられることがある。幸福な予兆はあるのだろうか。それは過去に属していたのか。なぜならそこに映し出されていた細部がすべて消えてなくなってしまったとしても、鮮明だったのに次第に輪郭がぼやけたまま自分と一緒に迷子になってしまった映像を前にしているように、最初に厳然としてそこにあったはずの、そして絶えず近づいてくるひとつの架空の倒立像に向き合うようにして、その内部にあらためて入っていかざるをえないからである。と同時にただそれだけが、この内部の気配だけが、実際に起こったことと起こらなかったことの、見たことと見なかったことの分水嶺であるはずだった。

めったにないことだが、いま表の暗がりで夜の鳥が鳴いている。夜に鳥が鳴くのは恐ろしい。梟（ふくろう）なんかこのへんにいるはずがない。昼間にダムの近くで聞いた百舌の囀りのように聞こえるが、そうではないかもしれない。窓を開けてみたが、鳥の姿はもちろん見えないし、鳥の姿どころか、あたりは墨をぶちまけたみたいにやけに暗くて、そこにある物の輪郭すらわからない。

でも何かを見たのだろうか。そこには何の映像も存在できるはずはなかったが、誰かが見ていた。彼女がいつも言っていたように、裏返しの手袋である鏡のなかに映った左手のような、そこにあっても絶対に行くことのできない世界からにしろ、入り口も出口もないぺったんこのカルタの城砦であるこちら側の世界からにしろ、結局は盲壁を見続けるように同じものを見続けていたのかもしれなかった。

これらの写真を眺める者はこれら数葉の写真のそっけないひとつの答えであり、ほとんど何の役にも立たない遅れた知識であり、発見された写真それ自体も忘れ難い（でも誰にとって？）、それでいて忘れられたあの破れた紙片、文字の消えかかった、投函されなかった手紙だった。

五月某日

生きていたとき、天気がいい日は、彼女はしゃがんで水たまりを見るのが好きだった。彼女はそれを写真に撮ったりしていた。水たまりにはいつも青空が映っていた。

以前、窓の外から、寝具の乱れた、誰もいない寝室を写真に撮って、それに「恢復期」というタイトルをつけたい、というようなことを新聞に書いていた人がいたが、それでいいのだろうか。おじさんの四月の長い手記は写真についての文章だったのか。それもこの「恢復期」の一コマだろうか。たぶんそうではない。おじさんはあらかじめ恢復を拒否しているのだと思う。それともおじさんは新しい不治の「病」を探しているのか。新しい病癖に根拠を与える病を。

窓から光の射し込む誰もいない明るい部屋は、むしろ死の部屋だ。前回の殊勝らしいおじさんには悪いが、タイトルは「死後」か「死臭」にしたほうがいいと思う。それではあまりにあからさまにすぎるだろうか。

六月某日

数日前からひどい扁桃腺炎をやってしまった。子供のころ、いつも扁桃腺を腫らして、あげくの果てにアデノイドの手術したことはおぼろげに覚えているのだが、こんなにひどいのははじめてだった。

金曜日にある画廊に絵を見に行って、そのあと近くでコーヒーを飲んでいたら、ずいぶん喉が痛いな、と人ごとのように思っていた。さっき見た葉菜ちゃんの描いた静物画の油絵のことをぼんやり思っていた。つまらない現代美術ではなかったので、とても気に入ったし、できればほしいけど、買うのはちょっと無理だから、値段くらいは知りたいと思ったが、画廊の人と口をきくのが嫌なので諦めて画廊を出た後だった。葉菜ちゃんは画廊にいなかった。

　コーヒー店は客も一組くらいで、がらんとして、微熱状態にはうってつけだった。少し息が抜けた。ガラスの向こうは暗くなりかけたばかりだった。孤独と病がからだの感覚を研ぎすますことがある。からだが他人そのものではなく自分の他人のようなものと化し、自分が自分を見る他人のようになっている。それでいて当然すべてが自分のなかで起きているのだが、言えることは、ただ時間だけが無駄に流れ去るということである。自分が無為のただなかにいることがわかる。往生している。立ち往生。僕は何もしていない！　これは、なんと言えばいいのか、哲学的にも思える経験であるし、この感じは案外好きなのだが、それを持続させるためには一種の操作というかコツが必要であるかもしれない。

　おじさんの話では、ジャン・ジュネという大作家は無為に倦んで星空を見上げたとき、それがローマ時代にカエサルの見た星空と同じ空であることに気づいて驚愕したらしい。このコーヒー店の窓の外を誰が見たのだろうか。相手がジュネという大作家なのだから、こんな比較は馬鹿げているのだろうが、誰もが、万人が、窓の外を見たのかもしれない。ということは世界がすべての視線を免れたように、結局誰も何も見なかったのだろうか……。

　電車で戻った。しみったれた、すえた臭いのする電車のなかでひどく肩が凝っているのがわかった。駅に着いて、入ったことのない居酒屋に入ってみた。僕はずっと下戸に近かったが、最近はお酒に目がない。食べ物がひどくまずく感じられたが、喉のせいではなく、たぶんほんとうにまずいのだろう。

金曜日なのでかなり込んでいたが、魅力的な亡霊も外道（これは仏教用語で、妖怪その他がいる世界のことである、とおじさんは言っていた）もいない。類似はあった。灰色の類似ならいい。でも灰色ではない。これはけばけばしい、うるさい類似だった。退屈が嵩じると、早々に引き上げるにしくはない。遠慮は無用。少し飲んだので、もうかなり酔っているなと感じられた。顔がやけに熱い。植物の気持ちはわからないが、花が咲いたみたいだった。かなり熱が出ていたのだろう。

ところが、よせばいいのに、もう一軒知らないところに入った。僕は一種の悪癖のように何かを考えようとしていたが、頭のなかは空洞で、脳軟化症を起こしそうなほど退屈とつまらなさと疲労が押し寄せてきた。店を出た。以前行ったことのあるバーへ向かった。こういう感じになると、最近、酒がいける口になった僕は軽い病気のようにさっと引き上げることができなくなっている。まだ何かを、偶然とかいうものを待っているのだろうか。この偶然は残念ながら客観的なものではあり得ないと思う。

自分を棚に上げて、ただの通りすがりの人を決め込んで、ただの通りすがりのままでいること……。通行している人々、たまにはまぼろしを眺めることができる。見ているのは僕だ。どうでもいい世の中である。本気で誰かが何かを語っているのだろうか。もう誰かと誰かは同じ言語を喋っていない。ああ、そうだとも、もともとそうだったのだから仕方ない。だが今は危機的であるし、素晴らしい歴史的惨状と言ってもいいかもしれない。歴史は馬鹿だから、行き着くところは袋小路しかない。どうなろうと知ったことではないが、それにしてもほんとうにうんざりする。

バーで、喉の消毒になると思ってテキーラを何杯も飲んだ。若い知り合いがやって来たので、さらに飲み過ぎてしまった。彼は大工兼ジャズ・ミュージシャンをやっている。カンナをかけたり、サックスを吹いたりしている。二人で次の店にも行ったのだが、つまらなかった。店から馬小屋の臭いがした。どういう経緯なのか、何が悲しいのか、何が悪いのか、よく覚えていない。帰ったのは明け方近くになっていた。

その日が最悪だった。起きたら土曜の午後になっていたのでもう医者はやっていない。真夜中を過ぎると、喉が腫れすぎて息が苦しくなった。鼻も詰まっていたので、息ができない。まったく眠ることもできない。息と息の隔たりを感じ取ることができればよかったが、無理だった。救急車を呼ぼうかと思ったが、扁桃腺くらいで救急車を呼ぶのもどうかと思ってやめた。月曜朝一番に医者に行ったら、そういう場合はすぐに救急車を呼んで下さいと叱られた。死ぬことがあるらしい。インフルエンザに罹っていた。

以前、新聞で「息をつめる」という文楽についての文章を読んだことがあったが、こちらは、浄瑠璃や人形が、息をこらす、息をこらえる、息を殺す、息を呑み込むということらしい。浄瑠璃の唄、科白が途切れ、そして人形が絶句するのだ。だけど今回は息をつめたのではない。文章を書く人が絶句するように、言葉と言葉のあいだで絶句したのでは決してない。身体のパニックは言葉を全部消し去ってしまう。

心臓が悪くなり、肺に水がたまって息ができなくなったことがあったので、二度目だった。肺結核にも罹ったことがある。二度あることは三度あってほしくない、とつくづく思う。息ができない。この怖さはそんな経験をするずっと前から感じていた。だからよけいに窒息を恐れるようになったのかもしれない。この前、おじさんの本棚から拝借した北方の詩人の真似をすれば、ああ、麗わしいデスマスク、常に遠のいてゆく風景、悲しみの彼方、僕は窒息する、といった感じかな。今度息ができなくなれば、たぶん僕は死ぬね。

それに子供のときに読んだエドガー・アラン・ポーの「早すぎた埋葬」というお話が昔からめっぽう怖かった。柩（ひつぎ）のなかに生き埋めになる話だ。落語にも河豚毒（テトロドトキシン）で仮死状態になって棺桶のなかで目が覚めるという似たような話があるが、こちらは葬式で棺桶から蘇って会葬者を驚かすというつまらないオチだったと思う。棺桶の六つの板があるから人は死ぬのだと言っていた人がいるが、一理ある。

ずっと床に臥せっているので、僕のからだはどうなっているのだろうと考えざるを得なかった。昨今は喉だけではなく、ご愛嬌のように、またあちこちガタがきているが、あるときほとんど歩行困難になったとき、ダンスを見たことがあった。誰それの弟子筋にあたる何とかいう人が振付をして（失礼ながら、名前は失念した）、クラシック出身の女性ダンサーばかりで構成されたモダン・ダンスだった。

美しい跳躍。伸びた脚。軽い肉体。空中というものが、空気の幅が、そこにあった。ひどく感動した。ダンスを見て感動したことはそれまでにもあったが、そのときは少し違った。僕自身は、一人でどうやってその会場にまで行ったのか、この人はどこへ帰ればいいのか、というくらいひどい状態だったはずだ。その感動はたぶん野蛮人の感情だったのだろう。

六月翌日

おじさんの手記に病んだ身体について書かれたこんな条りがあった。それを引用しておこう。

……しかし病は何らかの欠損や欠如ではない。じつはほとんど充溢の状態である。タマゴのようにぱんぱんに充満している。人類学者マルセル・グリオールの本にドゴン族の宇宙タマゴのことが書かれているが、そんな感じである。そんな感じと言われてもわからないかもしれないが、こんな身体は日常のなかにも宇宙の果てにもいくらでもある。つまり組織や構成や構造をもたない、つまり有機性では捉えられない身体というものを考えることができるし、実際俺たちはそれを生きている。

病んだ身体は不動であるが、不動は動とまったく対等である。舞踏家室伏鴻を見ていて、彼の美しい肉体が地面で動かなくなったとき、はっとしたことがあった。動かないこのブロンズのような身体は、日時計の上でじっとしている蜥蜴（とかげ）のようだった。蜥蜴はさっき壁の罅から這（は）い出てきたばかりだった。日が照っていた。蜥蜴は冥府から戻ったところだったのである。あまりにもすぐれた彫刻が、見てのとおり不動でありながら、浮遊や揺れや上昇や沈下、あるいは消滅へと向かう運動と停止を繰り返すように、そこでも同じようなことが起きていた。だがやはり実際には何も動いていない。

能の世阿弥は足さばきがうまく、上手に歩く人だったらしいが、それが嫌になったのか、考えに決定的な変化があったようである。現在、我々の知る能の動きはむしろこちらの考えが元になっていると言える。

なるべく動いてはならない。

世阿弥の『花鏡』の冒頭近くには、「心を十分に動かして、身を七分に動かせ」とある。

「立ちふるまふ身づかひまでも、心よりは身を惜しみて立ちはたらけば、身は体になり、心は用になりて……」。

「用」とは、働き、あらわれのことである。動かなくても、心はさらにもっと現れる。ある評論家によると「裏の身体」というものがあるようだが、裏の身体がつくりだす裏の動きがある。それは限りなく不動性に近づくのだ。つまり動かないことから始まるものがあるかもしれない。

癪だけど、おじさんはたまには面白いことを言うな。病人と舞踏家か。なるべくなら僕も動きたくない。

七月某日

おじさんの手記より。最近おじさんの手記は長いものが多い。何かが煮詰まってしまったのだろうか。でもほんとうに煮詰まったのは僕？　それともおじさん？　今日は半分だけコピーを貼りつけておく。

「糞ったれには人生がない」と例えば俺が言う。

それでタブラ・ラサ（白紙還元）が繰り返される。

タブラ・ラサは何度も繰り返すことができるが、字を消すことのできる適当な黒板は見当たらない。黒板が見つかったとしても、文字は黒板からふわふわ遊離し、しかもよく見てみると、全体である人生そのものは黒板のなかになかったりする。

十四世紀フランチェスコ派の神学者ドゥンス・スコトゥスの全体についての考えは少し違う。空集合のように何も書かれていない黒板のなかにあるそれが無限の存在であれば、何度黒板を消そうが、部分が全体と同型だということもある。字が黒板と同型になる。タブラ・ラサを行えない実無限の行程のなかでは部分のない全体がありうるし、全体を決定できない部分がある。黒板は全体ではなく、全体が人生だとしたら、どうだろう。ところで、この神学者はオックスフォードからパリのソルボンヌへと移り、神学を論じていたが、フィリップ美男王によってパリを政治的に追放され、ケルンに辿り着いたが、最後にそこで殺害されたと言われている。無限は彼を彼自身には変えなかったのだ。

ときに、臓器をひとつ失ったくらいでは人はなかなか死なない。一方、薔薇の刺が人差し指に刺さっただけで死ぬ人もいる。だがこの場合「人」や「彼」というのは何のことなのか。「全体」なのか。生命なのか、生なのか、人生なのか、人格なのか、顔なのか、身体なのか、はたまたできそこないの自我なのか、歴史の通時性にあいた穴なのか。それとも心？　それとも魂？

古代エジプト人は、霊魂は七つあると信じていたらしい。つまりこれらの霊魂のなかには最高位の魂があって、それはレンと呼ばれていて、「秘められた名前」を意味する。この秘められた名前が君たちの映画のタイトルである、とアメリカのウィリアム・バロウズは言う。君たちが死ぬとき、今度はこのレンが（目には見えない煉瓦の角石のように）登場するのだ、と。

映画とはよく言ったものだ。腐っても老ウィリアム・バロウズである。彼は心得ている。動き回るそれ自身ではないイマージュ。だがこの魂のイマージュに対して、何を、どう命名すればいいのか。名前として「指示」されたものはイマージュによって支持されそこなったものである。秘められ、忙殺された私事の断片のようにも見えるあらゆる指示、そしてこの指示による、この私事それ自体がつくり出す魂の同一性。しかしそんなものはただの見てくれにすぎないのである。

この映画に登場する幾人もの俳優にはいくつもの名前がある。それは唯名論言うところの「犬、つまり犬なるものは存在しない、この世にはこの犬、あの犬しかいないのさ、すなわちこのポチであり、このコロであり、この太郎であり、このガブリエルであり、ミカエルという名のこの犬であり、その犬こそが……」と同じような事態を指しているのだろうか。

だがそのいくつもの名前のどれひとつとして魂の命名としての重要性を帯びるものはないはずだ。名前も千年くらいはもつかもしれない。終末論は千年を単位とする。だが一万年なら？　それらはすべて消え去る運命にある。

七月翌日

おじさんの手記の続き。どうやらこの手記は一月に書かれたらしく、お見舞いに行った日のことらしい。どうして七月の日付がついているのかわからない。誰の見舞いだったのだろう。最近、知り合いで病気になった人がいるという話は聞いたことがない。ひとりだけ僕にも思い当たる人がいるが、それなら数年前のことだ。僕もお見舞いに行った。おまけに高台の病院というのも同じだ。これは数年前の一月の手記だったのだろうか。どうもよくわからない。

今日は高台の病院にいる。瀕死の病人の見舞いに来たのだった。

病院のデイ・ルームで朝からぼんやり空欄を見つめていた。新聞の空欄だったのだろうか。新聞に空欄などない。彼は何も見ていなかった。青色を見るときのように、たぶん目の焦点が合っていなかった。戯れに、いや、彼は別に戯れてなんかいなかったが、何度かひんがら目をやってみた。白目と言うくらいだから、瞳の周囲にも空欄があって、そいつが見ているのである。青色を見るときの状態、目の知られざる作法である。ボーロカの法則と言われている。最も波長の短い色はしたがって空間を作り出す。ぼんやりとした空間を。

われわれは月のなだらかな丘の上にいる。向こうのほうに地球が浮かんでいるのが見える。暗黒のなかを太陽が昇り始める。刻限は、少しずつ少しずつ地球に陽が射し始める寸前である。地球の黎明。あたりがぼんやりと明るくなる。すべては微かなブルーのなかに存在し始める。プルキニエの法則だ。色彩とは空間の謂いである（フランスの哲学者の美術論、カルパッチョ論にそんなことが書かれていた）。セザンヌは、色彩とは脳と出来事が出会う場所だと言っていた。

青はほとんど色ですらない。何かがぼんやりと存在し始めていたのだ。そんな具合である。病院の窓からはだれ雪が降るのが見えた。このあたりはめったに雪が降らないのだから、昨日はとても寒かった。あたりは青く、強い風がときおり唸りを上げていた。元日の深夜には、神社のとんど焼きの灰が車のボンネットに雪のように舞い落ちていた。目の端に白いものがちらついていた。雪ではない。彼などいない。空欄が俺を見ていた。

ホテルのような病院のデイ・ルームからはよく雲が見える。百四十年前に日本にやって来たフランチェスコ派がつくったと言われるこの地方都市の病院は高台にある。元をただせば、何しろボナベントゥラやドゥンス・スコトゥスやオッカムのいた神の党派である。

このあたりの隆起した土地。隆起した化石。化石堀りは少年時代の武勇譚である。だが隆起して固体化し、蒸発して気化する前に、その周囲を人が映画のコマ送りのように一生動き回り、蒸発することになった蜜蠟のような精神（狂気をめぐって、デカルトはデカルト自身とは別のものにならねばならない）。精神は何の役にも立たない刻印である。署名したまえ。魂に署名したまえ。署名してから、精神のなかで映画のひとコマが過ぎ去ってしまうようにやってみたまえ。この署名はきっと読んだ端からすべて忘れ去られるだろう。それは忘れられた。これでおしまい。雲のように。

広い窓。さっきから空にアンドレア・マンテーニャの描く雲を探していたのだが、見つからない。はじめから狂っているとしたら、どうなのか。コギトは発狂し、「私」は発狂などしない。今はそんなことはどうでもいい。ルネサンスはほぼ完璧な狂気のなかにあった、と彼は考えてみる。

することが何もない。私が入院しているわけではないので、するべきこともないし、何かをされることもないのだ。でも病院からすぐに帰りたくない。ずっとここにいたくなる。

窓から見ていると、病んだ通行人がいる。病気は見出(みいだ)されたものなのか。もともと病気であるわれわれは何をどう命名するのか。名づけ親であったのは実は肉体のほうだったということだってありうる。優しい病人たち、優しい看護人たち。いかめしい医者、優しい医者、頼りない医者、どうしようもない病人たち。

雲を眺める。空調はいつも息苦しい。彼は思考を集中できない、というか集中させない。チャクラは閉じたままだが、身体は穴だらけなのだ。

顔のような雲。いや、雲のような顔、雲のような横顔、雲のような体。雲のような馬車、雲のような鬣(たてがみ)。馬が向こうを走っていく。彼の妹は馬に乗るのがうまかった。

生涯の映画はずっと続いている。誰もまだ死んではいないからである。ここ、人が死ぬ病院でさえそうなのだ。ダニエル・シュミットの映画『ラ・パロマ』の最後のほうに出てきたように、死んだ登場人物がオペラでも歌い始めることができればまだいいほうである。混乱は倍加したり収束したりするが、退廃にはたぶん複雑な意味がある。あっちにはヨーロッパ映画があり、こっちには……。心理学に溢れたヨーロッパ映画。だが映画を見ながら心理学や精神分析の本などちっとも読む気が起こらない。もうあの手のものはいらないし、その暇もない。

青色といえば、真っ先に思い浮かぶのは十三世紀から十四世紀にかけての初期ルネサンスの画家ジョットの描いた空であるが、そのジョットがかつてアッシジの聖フランチェスコ教会に描いた「聖フランチェスコの死と昇天」というフレスコ画には悪魔が描かれているらしい。新聞に出ていた。全然たいした話じゃないが、右側の天使の足下にある雲のなかに、角を生やした悪魔の顔がある。アナロジーの遊びをやろうとしているのではない。

ここの静かな高台の雲のなかには悪魔を見つけることができなかった。マンテーニャやジョットの絵の切れ端も見つけることはできなかった。黄色く反射する雲、たぶん死者たちの住まう、それでも古くて新しい都市がある。それは朝の光に薔薇色に染まり始めるネクロポリスだと言いたい気持ちはわかる。死の町。病院。そこで蠢(うごめ)くもの。あれは人間の姿だったのか。

彼がいなくても物語そのものが失われることはない。「事件は誰のものでもないが、運命は必ず誰かの人生のなかにある」そう誰かが書いていた。だがここには、この病院には、経験というものがない。

もう一度、雲を見る。ドイツのファシストのような龍が首をもたげて背伸びしたまま崩れて流れて行く。それともスパルタクス・ブントの龍なのか。アジアの龍はやがて見えなくなり消えてしまう。

僕も雲を見るのが好きだ。いつまでも眺めていることができる。雲はとても非現実的だ。三十分くらい非現実を見ている自分がいる。これについても、おじさんと似ていると思うと、嫌悪感しか覚えない。

七月末日

おじいさんの「脱腸亭日乗」より。こんな日誌を読むと、愕然としてしまう。僕も隣の和尚は嫌いだけれど……。どこかに水が漲(みなぎ)っていてもからだの水位が下がってしまう。筆写するのが嫌になったので、これもコピーを取って日誌に貼りつけた。

昨日はまたお雑煮を作った。日曜日に葉菜ちゃんとうなぎを食べに行こうとしたら、店が潰れてなくなっていた。

裏の坊主が上等の穴子の押し寿司があるから食いに来いと言う。そんな置き手紙が玄関に疎々(うとうと)しく置かれてあった。玄関は静まり返っておった。いつものやり口なのじゃ。心せねばならぬ。玄関の置き手紙など坊主もろとも冥途の土産(みやげ)である。坊主は手紙とともにハデスの前に引ったてられて右往左往するであろうし、わしは天気予報を見て、雨が降らないことを確かめてから、その手には乗るもんか乗るもんかと心のなかで反芻したのであった。たいがいこいつの誘いは嘘に決まっているのである。この手の話にだまされて、隣を訪ねてみると、誰もいないお御堂で線香の煙が立ち上っているだけであったりすることがある。法事があるのであれば、ぜひとも坊主抜きでやってもらいたい。

　猫が座布団の上で寝ておる。穴子のかわりにうなぎが供えてあるということなどまったくないが、一度はステーキが供えてあった。精進料理が聞いて呆れる。一杯食わされて、のこのこ出かけて行った日には、わしは怒りのあまりお経の本を縁側に持って来て、蛇腹のようにぱらぱらめくっては、そいつを延びたアコーディオンのように引いたり閉じたり、鳩がその上にフンをするのをじっと待っておるのである。おっと、これには時間がかかりすぎて、家に戻っても仕事ができないことは承知の上だ。和尚の名字は上田という。承知の上田。

　そうであるとはいえ、鳩はくぅーくぅーいうばかりではない。上手い具合にお経の上にフンを落とすことがあるのじゃ。その類いの僥倖（ぎょうこう）にはスキっとするのである。我鳩に感謝するが故に我在り。その程度のものであろう。今日も感謝の一日が終わる。あいつによれば、鳩はスペイン語でラ・パロマというらしい。

　今日は、いつものごとく腹が立つこと必定だったので、声のなかには声の形骸があり、そのなかで予（あらかじ）めわしは喚きたいだけめわめいた。しかし美声が台無しになるのでやめた。声亡き民である。うんこをしながらもオペラを歌わねばならない悲しみの蒼氓（そうぼう）がいる。繰り返す。今日は、いつものごとく腹が立つこと必定だったので、声のなかには声の形骸があり、そのなかで予めわしは喚きたいだけわめいた。しかし美声が台無しになるのでやめた。声亡き民である。うんこをしながらもオペラを歌わねばならない悲しみの蒼氓がいる。今日は、いつものごとく腹が立つこと必定だったので、声のなかには声の形骸があり、そのなかで予めわしは喚きたいだけわめいた。しかし美声が台無しになるのでやめた。声亡き民である。うんこをしながらもオペラを歌わねばならない悲しみの蒼氓がいる、と口癖のように言う奴（やっこ）がいるのである。

八月初日

おじさんの手記より。おじさんの言いたいことがあまりよくわからない。彼には実は激しいトラウマがあったりするのかもしれないと思った。おじさんの世代は、聞くところによると、哲学や政治ばかりでなく、心理学や精神分析の本をひたすら自分の問題として読んだらしいが、あまり役に立っているようには思えない。

　裏の坊主のところに内密の用事があったが、行くのはやめて、手首を見ると、爪で引っ掻いた傷があった。血液非凝固剤を服用しているので、血が白いシャツにまで滲んでいた。ドアが開いた途端、バスから舗道に落ちたのだ。そのときに誰かが腕を摑んでついた傷だったかもしれないが、そばには誰もいなかったし、摑んだ者はいなかった。去年の十二月の暮れもおし迫ったころにもそのようなことがあった。いや、違う、この俺に誰かが殴りかかってきたのである。怒鳴り声が聞こえたような気がする。

椅子が投げつけられた。正月の羽織が宙を舞う。わが亡き父であったのか。わが父ピエロ。気狂いピエロ。殺してやる。親孝行は三文の徳の三文オペラ、この世の馬鹿は起きて働く、とどこかの婆さんが言っていたが、そうなのだろう。みんな家族小説に関しては嘘ばかり、デタラメばかり言っている、とソロモンは言った。提供されたイメージはどれもとんでもなく飽きがくるし、父はイメージではない。

いつも自分のことだからな。俺自身を含めて、割り引いて考えねばならない。父の否認、それをチェコのドイツ語作家カフカのようにやる方法はあんまり当てにはできないし、延々と結論を先送りにするだけであるし、泣き言を言えば、そんなものは金輪際うまくいかないのかもしれない。父の否認。父の避妊。たかが、ほんの秘密の父である。カフカは俺の愛読書であったが、自分がみじめになる。

八月某日

おじいさんの「脱腸亭日乗」より。珍しく、今日のおじいさんは嘘をついていないように思えるが、そうだろうか。そうだとは思うが、即断すれば、軽率のそしりは免れないだろう。つまりおじいさんはいつも境界線上にいて、頂上や頂点はないと知るべきだ。

今年もまた終戦記念日が近づいた。

わしは肺結核を患ったため徴兵検査が丙で、学徒動員の工場での仕事に明け暮れておったが、わしらはバンカラを気取っていて、学生帽にはわざと蠟を塗り、あるいはわざと破って、煮しめたように汚い手拭いを腰にぶら下げ、ズボンはドロドロのよれよれで、下駄か裸足(はだし)であった。戦時中はとにかく食う物がなかったが、この旧制高校の無頼の生活が特権階級の上に乗っかっていたことをわしはまだ自覚しておらんかった。しかも学徒動員で勉強などできるはずがなかったのである。

わしは京都の三高に通っていたころ、友人がおった。その弟は旧制廣島高等学校の学生であった。以下はわしの友人の弟の手記の一部である。ある小冊子に掲載された文章である。

《昭和二十年八月六日　午前八時十五分

その瞬間の直前まで人々にはそれぞれの生活があった。職場に向かって歩いていた人々、学校の教室や運動場にいた生徒たち、朝食の卓を囲んでいた家族等々。

あの一瞬の境を、私は広島の隣り駅、向洋駅に近い日本製鋼所堀越寮に臨時開設された廣島高等学校寄宿寮（薫風寮）の一室で、みんな出払った月曜休日の朝をひとり、何をするともなく寝ころがっていた。

七時ごろ「空襲警報」のサイレンが鳴りひびいたので「これは！」と思っていると、間もなくそれが解除され「警戒警報」に変更されたので、ほっとひと安心していた。

と、飛行機の爆音が聞こえてきた。見るとB29が一機、東の空をこちらに向かって飛んで来る。「偵察機だな？」と独り合点しながら何げなく航跡を追っていると、何かすっと糸を引いて白い筋がおりてきた。

そのときであった。朝日が翼にはね返って（そう思った）白光がキラリと光った。マグネシウムを焚いたような一閃——と、二、三瞬おいて空を覆う轟音——窓ガラスが部屋内に向かって吹っ飛ぶ。ガラスの破片は、畳の上に横になっていた私の頭上を横なぐりに飛散した。

近くを一トン爆弾十数発が同時に直撃したような壮絶な衝撃であった。しかしあたりを見廻しても何処にも爆弾が落ちた気配はない。寮は少し崩れているが、倒壊はしていない。

「何があったんだ？」……と向こうのほうで誰かが叫んだ。

しかし？……町なかが何か変だ。ざわめきが消え、変にしずまりかえっている。そのとき本当に何が起こっているのかを知るものはなかった。

すぐ向こうにキノコ雲が上がってきた……。

表裏で一枚の紙がひっくりかえったのだ。しずかな広島の夏の朝、全市が大爆発とともに劫火のなかに没したのであった。


やがて、寮の門につづく路(みち)を、朝はやく街なかに出掛けて行った堀井君が帰ってきた。私が見た最初の被爆者であった。

無惨にも、斬り合いの果て血だらけになった侍のように、彼はずたずたになっていた。半裸の上半身は赤黒く焼けただれて皮膚がぼろ切れのように垂れ下がっている。彼は眼を見開いて毅然と歩いて来たが、部屋に入るなり何か叫びながら倒れ込んでしまった。

次いで佐々木君が無傷で帰寮してくる。

被災場所、的場で満員の市電内。「周りの人はみんな駄目だった。自分はその人たちの真ん中にいたので……」

と言ってそのあと声を失くしてしまった。

三年後に、廣高同クラスの蒔田君が京都大学のキャンパスで彼の姿を一度見たあと、彼の消息は今日に至るまでまったく不明である。見た目は無傷であり三年を生きたことは確かであるが、その後永く生き延びることができたのであろうか。

第三、友田君は何処で被曝してどうして帰ってきたのか。頭の天辺(てっぺん)に小さな傷を受けていたが、その他に大きな外傷はなかった。しかし「実家に帰ってくる」と言ったのが私の聞いた最後の言葉となった。彼は八月末、自宅でその十八歳の短い生涯を閉じた。

第四、私と同じ神戸出身の宮野君とともに、彼の親戚で（私は廣高入学以来何かとお世話になっていた）ここから近い仁保町淵崎の三戸医院の安否を、とにかく確かめようと寮を出た。

しばらく行くうち、小さな木車に乗せられて怪我人（けがにん）が来る。広島駅に近い弘重君宅に遊びに行っていて難に遭い、怪我のなかった弘重君に救出されてきた岡村君であった（弘重君は埋もれてまだ生きている父を助け出すことができずに残してきたのである）。

岡村君は大きな外傷はないように見えたが彼の容態はよくなかった。夜になって福山から誰か生徒の父である医師が駆けつけてきて、管を通して出なくなった尿を出そうとしたが、うまくいかなかった。私がそのあと、他の病室に移って夜を明かすあいだに、彼の命は絶えた。

遺骸をご両親に一目でもと考えられたが、翌日、裏の空き地で教官生徒たちの手で火葬することになり、遺骨となった彼は数日の後、両親に抱かれて故郷柳井へ帰って行った。

かくて、寮に避難してくる遭難者を収容するだけで、騒然たる一日は終わった。

その間、広島の街は空を焦がして燃え続けた。

翌八月七日、行方不明の学友寮生を捜索。

救出するため、救護班が編成され、担架・毛布を携行して広島師団東練兵場に集合した。

小高い大地から眺められるものは何もなかった！………

太田川を主流として七つに分流する三角州に拡がる広島の街に見えるものは、ところどころに残るビルの残骸と、ところどころに立ち昇る煙だけであった。

ただ眼前に一つだけがあった。それは傾いた電柱にひっかかった馬の頸であった。

尋ね捜す面影よ、生きていてくれと、捜索者らの込める切なる願いをはっきりと拒否するためにその頸はあった。

広島駅に近い練兵場の台地には近郊から、市内の何処かにいるはずの肉親を捜し求めてその父や母、兄姉が、眼前に拡がる一面の焦土を前にして茫然と佇んでいた。

ある老婦人が、つと私のそば近くさし寄り、「私の息子は何処にいるのですか」と尋ねる。二十過ぎの女性が「弟は何処に行ったのでしょう。ご存知ないでしょうか」と訊く。

私は「貴女はどなたですか」とは問い返さない。みんなわかっているのだ。この地獄を尋ねて来た人たちが、地獄に通じない言葉と知りつつ語りかけているのだ。その眼に涙はない。

〔以下、その日に発見されたか、そのまま忽然と消えてしまった友人たち、若すぎる命を次々と終えた学友たちの思い出が語られる……」

八月八日。的場から紙屋町、八丁堀方面を捜索。

途中、路傍に無数の死体――焼け落ちたビル壁の、翳という翳には、折からの夏日を避けて辿り着いたまま息絶えている数しれぬ遭難者たち――倒壊した民家の、玄関戸を境にして外側に子供が、内側に母親が子供のほうに手を差し伸べたまま絶命していた。

そして京橋川の畔に出て、この世の地獄に遭遇する。

川べり一面に、ぎっしりと埋めつくされた赤黒い無数の塊が拡がっている。そしてそれがところどころで蠢くのである。

火焔を川に逃れ、渇きを川に求めて、もう幾許も残っていない最後の力を振りしぼって匐い寄り集まったそれは遭難者たちの終焉の地であった。そのほとんどが息絶えていて、なお微かに息のあるわずかな者が蠢いているのであった。

そのうちの臨終も近いと思われる一人の老婦が、今に絶えんとする息の下で「学生さん、おしっこをください」と両手を差し出した。躊躇されたが、「飲むのではありません、体に塗るのです」と言う必死のねがいに私は応えることにした。老婦人は礼を言ってからそれを焼け爛れた体に浸した。

（私はこの地獄絵、この真実が、世界のどの国の人々にも知らされていないことを残念に思う）

最後の火がしずかに燃え尽き、すべてが死に絶えたあと、この街はながく暗い眠りに入った。

私は病室に変貌した寮の部屋に閉じこもり、太田君の看護に専念することとなった。薬は何ひとつなく、食料も乏しかった。それでも病人の排便は少しずつあった。彼の体の傷口に蛆（うじ）が湧き出し始めた。だから介護は、この蛆取りと排便のあとを綺麗にすることが主な仕事となった。

容態はいいほうにも悪いほうにも向かわず、止まったままのように見えた。だが彼の意識はしっかりしていたので、枕元で私はスコットランドや、アイルランドの民謡を、フォスターを、そして寮歌を小声で歌ってやった。彼はいつも半睡半醒でそれを聞いていた。

〔以下、『生徒動員日誌』の記述が続き、福島君とともに看病していた太田君を満員の汽車に乗せ、途中で様子がおかしくなってはカンフル注射をしながら故郷の京都へと護送し、家族の元へ送り届けたあと、京都府立医科大学に運んだことが記されている〕

長い一日が終わり、晩夏に暮れる京の宵、千本格子に忍び返し、数寄屋（すきや）作りの、静かな都の夜が、私たちの重い旅装を解いてくれた。夕餉（ゆうげ）には母君や妹君と、あの悪夢の日々について話が出るはずであった。しかし、誰ともなく寡黙であった。ただ母君が妹君に「生徒さんはみんな健気に死んで行かれました……廣高の生徒さんはみんな本当に立派でしたよ」と語られたとき、妹君が涙を見せ肩を震わせたのを私は忘れない。

京都の一夜が明け、今日は私が故郷に帰る。

六月の末、郷関を出てから父母には無音に過ごしてしまい、八月のあの日からまったくどんな消息も伝えることができなかった。

四条大宮から阪急電車で神戸・三宮へ、そこから市電に乗って兵庫の湊川で降りた。湊川の街頭でちょうどそのとき、私が小学四年生のときに始まった長い戦争の終わりを告げる天皇のラジオ放送を聞いた。……天皇の声はノイズでよく聞きとれなかったが、重い荷物が急に肩からおりていくのを感じながら、ぼんやりと聞いていた。……

戦争停止の直後、虚脱という言葉がよく使われたが、私もこの放送を聞いたあと、一瞬の朦朧のうちに、頭陀袋から数冊の本を取り出し焼け跡の空き地に捨てる、という衝動的で蒙昧な行為があった。今ではすべて夢であった、今まで学んできたこと、辿ってきた道はすべて空となり徒労に帰したのだと、そのとき咄嗟に思ったからだ。

そしてこの行為のあと、ともあれ、ここまで生き残った、とうとう帰ってきた、という空っぽで、やすらかな感慨に浸った……そのとき、さっきのラジオからであろう、真夏日に灼けつく向こうの街角で、〝海ゆかば水漬(みづ)く屍(かばね)〟の吹奏楽が鳴っていた。

私が生まれ育った神戸の家はこの六月の戦災で焼尽亡失していたから、両親はいま明石の北方十五キロメートルの三木市に住んでいる。湊川から出る神有電車（現在・神戸電鉄）に乗って終点の三木が取り敢(あ)えず、わが故郷だ。

しかし傷ついた友達を下ろし、傷ついた国から背負った荷物を下ろし、学校も家も亡くしてしまった今の私には、取り敢えず、ではなく、そこが終着駅であり古里であった。

三木の駅に降り立ち、父母の住む家路を辿るその途中、町はずれの街道に崩れかかる破れ寺からであろう、鉦(かね)の音とともに沁(し)み入るようにしずかに流れくる声明梵唄(しょうみょうぼんばい)……

私の旅は、ここで一たん終わる。

長い歳月、戦争を引きずり、ついこのあいだ多くの友達を失ってきた十八歳の旅はいま終わった。

辿り着いてわが家の入り口に立ったとき、母は、あの日から消息を絶った息子の亡霊を見て、声もなく立ちすくんだ。

部屋の片隅の、ミカン箱を白布で覆っただけの仏壇に、線香が一本灯っていた。……》

見渡すかぎり何もない。灰色一色。灰、ところどころまだ燃え続ける小さな火。ビルの残骸、立ち上る煙。傾いた電信柱にひっかかった首だけになった馬……。この情景が頭にこびりついて離れない。この首が衝撃的なのは確かにそうなのだが、このような感慨は不埒（ふらち）かもしれない。僕は軽薄なのだろうか。僕にとってただのイメージで済ますしかないものは、僕を現実の地獄から遠ざけるかもしれないからだ。死んだ人、そして生き残った人、人々の苦しみと悲しみ、その瞬間にあって……

九月某日

おじいさんの「脱腸亭日乗」の頁が開いたままにしてあったので、さらに見てみた。またお正月の話だ。こんな妄想ばかり書くとは、四季はなく、死期が、屍鬼が近づいているに違いない。

八月におじいさんが原爆の回想を引用していたのは、最後の何かの確認だったのか。これは自分が結局ひとりの他人であり、大勢の生き残った他人のなかのひとりであることに思い至り、戦争体験という飽和状態の感触を思い出すなかでそれを感じ始めたということかもしれないと思った。これは飢餓状態に近い。人は自分の狭い肉体のなかで時の経過とともに溺れてしまうのかもしれない。

テレビをつけると、七カ月ほど前のことであるが、減反の麻、いや、元旦の朝、頭を臓器移植するというアイデアについて激論が交わされておった。死にかけの年寄りにとっては退屈な話であった。アマゾン河の近傍では、心臓であれ神の食い物の時代があったくらいである。しかり、食い物の話などではあるまい。

第一、飢えた子どものいるこの世界で、テレビで食い物の話ばかりやっているのは下品この上ない話であり、わしは心底嫌悪しておるが、そんなことより、頭を移植などするというのであれば、おまえは誰ですか、ということになって、頭を取られた奴と頭を植えつけられた奴が、同じ女性を愛せるはずもなかろうし、植えつけられた頭が「私」などと言った日にゃ、誰がわしですか、わしはどこにいるのですか、誰がしゃべっているのですか、などとややこしくてかなわないからである。

テレビを消して、わしは存在しない地図のような双六（すごろく）を拡げた。正月だったからじゃ。文句はあるまい。さにあらず。わしは嘘つきである。正月ではない。双六など拡げてはいないのである。何であれ、意地汚い奴がかぶった、唾の臭いがするマスクか仮面のように金輪際ここに旅の道行としてわしに寄り添うことはできまい。一緒に行進することなどないのじゃ。終わりが近づいておる。裏の坊主はいざ知らず、坊主の犬だってそのくらいのことは知っておるわ。

十月某日

居間に行くと、おじいさんとおじさんが声を潜めて何やら話し込んでいた。めったに見ない光景だが、僕が部屋に入ると二人は話をやめた。僕に聞かれちゃ何かまずいのだろうか。とても嫌な感じがした。姑息な奴らだ。むかついたので、彼らのために夕食を作るのはやめにして、外をぶらついた。どこかでお酒でも飲もうと思って、葉菜ちゃんに電話してみたが、あいにく出なかった。

十月末日

最近、おじさんはずっと姿がない。おじさんの手記より。

俺がぱらぱら好きな詩を読むと、遠くで調子っぱずれのラッパの音が必ず聞こえる。夕焼けは見えない。あまりに静かなので、誰も寄ってこない。息つく暇もない。歩き回ってやる。笑ったあげく、何の境遇なんだ！　息をつめた。人差し指が黒ずんでいる。忍耐、憎悪、哄笑、決断。新しい音楽なんかない。もう俺は音楽を聞かない。怯（おび）えたりするもんか。出ていくだけだ。おまえを窒息させてやる。果樹園の木にぶら下がった奇妙な果実。さっきまでラジオのビリー・ホリデイがどこかで無駄に鳴っていた。俺には聞こえない。こんな手記を書いていったい何になるというのか。

出て行きたいのはむしろ僕のほうだ。僕だってずっと息をつめている。不覚にも、息災とは息を吐くことだと思っていた。それは息を吸うことだ。おじさんに反して、僕にとって音楽はずっと救いだった。音楽がいつもとは違って聞こえ出すときのあの感じ……。息が吸い込まれる。この息によって耳は充満し、今までとは違う耳になり、その耳のなかに入り込むことができる。耳から新しい僕が生まれる。僕から僕がほんの少しずれるのだ。

あいつらのためにご飯を作るのが嫌になっている。

十一月某日

ここのところ、嬉しいことに、おじいさんもおじさんもめったに家にいない。

最近は見ることもなかったおじさんの手記より。トーンが変化している。でもフェスティナって誰だろう。昔の人の名前みたいだけれど、偽名のようでもあるし、もしかしておじさんには娘がいるのだろうか。水と墓と鳥のイメージ。でも娘がいたとすれば、それはイメージではない。

遠くにいる、一緒に暮らさなかった娘……。

昨日、フェスティナは汗みずくになってエニシダの小道を息を切らせて急いでいた。険しい小道は上り坂で、向こうは見えない。明日、フェスティナのショートカットはもっと短くなるだろう。

半分だけ影のなかにある長い首、そして大いなる苛立ち。長くて太めの脚、そして利己的な安寧。

私は君の髪に触れたりしない。

一緒に見たはずなのに、一瞬で消えるラヴェンナの墓碑銘。彼女には未来永劫無関係なままの絵空事を見ているだけだ。記憶に触れるなら、彼の墓に墓碑銘はなかったはずだ。

ゆっくり彼女は大人になるだろう。

沖まで泳いだ。沖から振り返ってみると、遠くの砂浜にいるフェスティナは画帳を開いたまま居眠りしているのが見える。さっきまで彼女はクレヨンで絵を描いていた。私の頭が波間に沈むと、陸は消え、遠い山並みも消え、空だけになる。頭が水から出ると、山が現れる。フェスティナの短い髪は見えず、とっくに消えている。水しぶきとともに夏の空の下ですべてがやっと水泡に帰すのだ。

誰にも知られることのない午後のひっそりとした栄華。たゆたいの平安。航跡の下を潜（もぐ）り底まで泳ぐ。海底に達すると、遥か水面で黒い太陽がゆらゆら揺らめいているのが見える。息が続かない。私は急いで浮上する。

陸（おか）に上がり、家へ戻ると、フェスティナが電話口にいる下宿人の声の向こうで他愛もないことを喋っているのが聞こえた。風が木々を揺らしていた。誰に向かって喋っているのだろう。

ラヴェンナで陽が翳っていく。いや、ここはダンテの墓があるラヴェンナではない。白い墓石の上にツグミが止まり、そいつの毛を生温（なまぬる）い風がえぐっている。窓から、田舎の葬列が通り過ぎるのが見える。誰が死んだのだろう。

彼女はきっぱりと拒絶する。何を？　自分を慰めることを。

首飾りが切れて、色とりどりのビーズが床に散らばる。ビーズはどこへ転がったのか見えなくなり、一本の糸がそこで揺れている……。

彼女は少しずつ大人になるだろう。

十一月某日

薄曇りの空に黒い穴があるのが錯覚のまた錯覚のように一瞬見えた。不思議な穴だった。黒い穴は周囲がぼやけて少しばかり蠕動（ぜんどう）しているようだった。僕にとってはじめてのことだ。一瞬だけ見えた大きな穴はとても不吉な感じがした。

十二月某日

小雨がまだぽつぽつ残っているのに、見ると、しおらしく雀が二羽電線に止まっている。雀は二羽とも小さく丸まって、まもなく雨が上がることを知らせるように、行儀よく並んで小さな声で鳴きやまない。僕は耳をそばだててそれにじっと聞き入っていたが、鳥の声は水気を帯びたまま空中に放散していくばかりだった。せっかくの静かな雨の日なのだから音楽でも聞こうと思ったが、やっぱりその気になれない。あの感覚の十月がまた遠ざかる。

三日前のおじさんの手記にこんな俳句が引用してあった。

やすやすと出でていざよふ月の雲　芭蕉

十二月某日

仕事をやめた。ずっと体調がかんばしくないということもあったが、それだけではない。その後、四六時中家に籠(こ)もっていたが、一昨日はよく晴れていて、久しぶりに買い出しに行こうと思って坂を降りていくと、一面の銀沙(ぎんすなご)の世界が僕の目の前で

〔日誌はここで唐突に終わっている〕

第二章　廃址

破れた靴の底に
冬がいたつき
この旅愁をはこぶみちに——
霧は硝子のやうに冷たい。

詩村映二「虚身」（『カツベン』より）

私はこの日誌の作者の従兄である。二歳違いの従弟はこの日誌のなかで「僕」と称している当の人物である。彼とは長い間音信不通であった。彼がどのように暮らしていたのか私は何も知らない。何度か手紙を出したことがあったが、彼からは梨の礫であった。私の海外赴任は長期にわたっていたし、まだ存命だった父に彼の消息を手紙で尋ねたことはあったが、従弟の行方は杳として知れぬままであった。

　あれからすでに半世紀以上が経った。無音に対するこんな感慨は、誰もが生活の些事にかまけているのであるから、すべて須臾（しゅゆ）のざれごとである。どんな凡庸な小説にも記されているし、そのくらいのことは私にもわかっていた。

　海外から戻って私はずっと仙台にいる。相変わらずそこで几帳面な勤め人を続けている。住まいも仙台市内である。ここの窓からコナラの大木の梢（こずえ）が見えるのだが、ベランダで煙草を吸っていて下を覗くと、幹や枝の下方は暗く深い翳りのなかにあり、不穏なまでの雀の大群がしばしば枝の間で騒いでいることがある。それを見るたびに、そんなことをあえて思念したわけでもないのに、従弟は今頃どうしているのだろうかと思うようになった。係累はなく、親族はみな物故してしまい、私にとって血縁といえば彼だけであった。

　幼少のみぎり、住まいが近かったので、私たちは朝早くからよく一緒に土手の土筆（つくし）を摘みに行ったものであった。汗だくになって昼飯の刻限になるまで籠を土筆で一杯にした。従弟は病弱だったが、冷めた子供であった。人から見ると彼はいつも上の空であったし、誰に対しても、周りで起きていることにも、注意を払うことがないように見えて、それでいて正直なまでに、偏屈なくらい一途であったが、私は彼が聡明であることを知っていた。その聡明さは後になってはじめて悩ましいものであることがわかる類いのものであった。

彼の父（私の叔父であり、彼は兄弟の末っ子である）のことは、家にいなかったのか、ほとんど記憶にない。彼の母である私の義理の叔母は優しくてモダンな美人であったが、彼女の淹れてくれるお茶に茶柱が立ったり、紅茶が渋かったり、おやつに出してくれたせんべいが口からぼろぼろこぼれたりするだけで、ただしその日に起きた別のあれこれを思い出して、私と従弟は大笑いしたものだった。それが子供である私たちの暗黙の格例であった。

叔母は笑みを浮かべてそれを見ていたが、何かを口添えしたりすることは一切なかった。だから私にとって、きりりとした叔母はそれなりに遠くにいる人のようでもあったし、最近思いがけず発見した昔の写真をつくづく眺めてみると、憧れの銀幕のなかの人であったように思えてしまう。彼女は子供の私から見ても、今にして思えば、顔に似合わず剛胆と云えるような性格の片鱗を見せるときがあり、どう云えばいいのか、一見、普通の淑女のように見えて、かなり変わった人であった。

小学校に上がる前に従弟は貧乏長屋を引っ越したが、引っ越した先の家も私の住まいからそう遠くはなく、休みの日には近くの森で一緒に遊んだりしたものである。彼とは喧嘩をしたことがなかった。従弟は見るからに取っ組み合いの喧嘩ができるほど壮健ではなく、痩せっぽちで、いつも高熱を出しては毎週決まって注射をしにかかりつけの医者へ通っていた。私の記憶ではヤトコニンという薬を射ってもらっていた。彼は胸を患っていて、その頃は小学校を長期にわたって休んでいたし、たぶん二十歳まで生きられない様子であった。おまけに授乳がままならなくなり、彼は森永ヒ素ミルクを飲まされたらしく、むずがる彼を見て、叔母が試しに食してみると顔中におできができたようである。彼の蒲柳(ほりゅう)の質はそのせいであったかもしれない。

従弟が新しい家に越す前、あの長屋時代で子供心に一番印象的であったのは、狭い茶の間の漆喰壁にルノアールの複製画がかけてあることであった。叔母は絵が好きで、絵を習ったりしていた。今にして思うと草むらに座る明るく可憐な少女の絵であったはずであるが、時代も時代だったのであるから安物の複製画で、印刷の悪さも手伝っていたのであろうか、それとも部屋が薄暗かったせいなのか、私には少女は暗い森のなかに沈んでいるように見えた。鬱蒼とした森は恐ろしげで、少女は横を向いて思いつめたふうであったし、子供の私はそれを見るたびに変な絵だと思った。

意を決し、とうとう私は休暇を利用して従弟の家を訪ねることにしたのである。それしか手立てがなかった。手立てといっても、彼のかつての住まいの住所を知っているだけである。

この町を訪れるのも何十年ぶりになるだろうか。私自身、まだ幸福であった日々を、柄にもなくあえて思い出そうとしてみた。忘却は忘れ去ることであるのをやめて、消えゆく頼りないその片鱗を少しでも私に示してくれるであろうか。それはあの懐かしくて思いがけない色彩やほのかな香りをだしぬけに帯び始めるであろうか。

幸せでいるために、ひっそり生きねばならない。そんな格言を思い出す。

こんもりとした森からさほど遠くない山の麓に従弟の家はあったはずである。後で納得したことではあるが、それがこの日誌に出てくる彼の暮らす家や森であるのかどうか、そのときはまだ知る由もなかった。

森のこともよく覚えている。林といってもいいその明るく小さな森は（私たちにとっては森であった）子供の目からしてもとても柔らかな美しい森であった。小鳥を獲るための罠がところどころ仕掛けてあったが、私たちはそれを見つけるたびに、無言のまま息せき切って罠をことごとく壊したものである。森にはいつも何条もの陽の光が、燦々と椚の枝間から縞模様となって射していた。数え切れない団栗が天の恵みのように落ちていた。

自分自身の記憶に沈潜したまま、駅からタクシーを拾って、私は運転手に家の住所を告げた。心臓が高鳴るのがわかった。空は晴れわたり、タクシーの車窓からこの港町の明るい坂道が見えていた。明澄なのは無関心な外の世界であり、私ではない。

それなりに広いこの道路を登りつめた先に彼の家があったはずである。私はもう一度記憶を辿ろうとしたがそれには及ばなかった。この町にも大きな災難が振りかかったし、景色は一変しているだろうと思っていたが、かつて見知っていた道は、かつてのままの姿で、白い航跡か砂漠に引かれた白線のように私の目の前にまっすぐ続いていた。従弟はまだあの家で暮らしているのであろうか。不安は一抹の影などではなかった。この小旅行の結末にそれとなく想いを馳(は)せると、私の杞憂は絶嶺に達するばかりであった。

杞憂はたいてい杞憂に終わることはない。よくよく考えてみるなら、従弟とは無関係に、私の身にも日々そんな杞憂にも似た漠然とした不安がずっと燻(くすぶ)り続けていたのかもしれない。私は運よくそれを隠すようにずっと生きてこられたのである。今更どのようにここでどう構えてみても所詮は詮無いことであり、概(おおむ)ねどのような世間的な安らぎとも縁のなかった私ではあるが、それでいて私の不安は、あらかじめ自然そのものを否認するのと同じく救済を拒否することへの覚悟ができてはおらず、そして私の不安がそのような潔癖さ故に自分のいる世界の絶対の不安に他ならないのだとは今まで断言しえなかったのである。しかしこの日の不安はひとしおであり、手の施しようがなかった。

それなりに広かった道はどん詰まりまで行くと、北に向かって左に折れ、それから舗装されていない細い道になる。待つべきものはそれであったかのように、蟬が一斉に啼き出した。タクシーが近づくにつれて、遠くに伸び放題に伸びた雑草や木々の枝間から従弟の家が見えてきた。

近づいて家を一瞥しただけで、私は愕然となった。私はタクシーを降りた。

何とか見覚えはあったものの、何年も人の住んでいる気配がないどころか、古い日本家屋はかなり傾いていて、片側がほとんど崩れかかっている。門はすっかり蔓草(つるくさ)で覆われ、木造の門と門扉だけが孤立したように残されて、塀は跡形もなく、あたりにはいばらや薄荷(はっか)や名の知れぬ雑草がやりたい放題に生い茂っていた。影のなかで重なり合ったウラジロは南国にある群落のようで、タデやハコベが密生し、黒竹が高く伸び、カタバミの黄色い花が咲いているのが目に入った。

庭だったとおぼしいところには、どこから運ばれてきたのか、以前にはなかったはずの大きな岩が、元はもっと可憐な前栽(せんざい)の草花もあったはずであるのに、ジャングルのようになった雑木や蔓草のあいだにいくつか転がっていて、根を張ったように動かなかった。私は枯れ枝や荒草(こうそう)をかき分けて母屋(おもや)に近づこうとした。するとガーベラが遅咲きの黄色い花をつけていたし、アザミが禿頭を見せ、マグワは実をつけ、ハゴロモジャスミンが蔓のようになって伸び放題に伸びていたが、ただの夏草の雑草にしか見えなかった。

私は汗を拭いながらさらに草木をかき分け奥の母屋に近づく。目の前に半分キヅタに覆われたその家屋が全貌を現した。待っていたかのように岩の上で動かなかった鴉がかあかあ飛び去った。

かつての家は見る影もなかったが、もしこれが私の知己である記憶の亡霊たちのかつての棲(すみ)

家でなかったのであれば、この苦悶の廃屋を美しいと思ったであろう。だが私の胸は痛んだ。植物は生命力をもって生い茂っていたが、物の存在はその表面から朽ちかかり、やがて自らの内部でその使命を終えようとしていた。

私は今まで物の運命など気にかけたことはなかった。子供の頃、二人で撮った古い写真に映っていたあの物象の快活さはどこへ行ってしまったのであろうか。生を内側から生きることができないように、死もまた内側から生きることができないのだということを私はあらためて思い知った。これは生なのか死なのか。生のラインはそのままなだらかな死のラインであったし、この家の縁側で遊んだかつての日々はさらに無残に遠のく一方であった。後で読んだ日誌には蔵があるようなことが書かれてあったが、私の記憶にもそれがなかったように、やはり蔵は母屋の裏手のどこにも見当たらなかった。どこにもない蔵こそがあの手の届かぬ生であり、同時に見知らぬ未来の死だったのであろうか。

何度もそこに座ったのだから覚えがあるはずの縁側がどこにあったのか、もう皆目見当がつかない。覚悟を決めて、玄関からではなく、入ることがかないそうな部屋から中へ入ってみた。私に警告を発するものは何もなかった。

床はところどころ抜け落ち、そこから萎れかけた山吹色の花をまだつけたままのブタ草が高く伸びて、しみだらけの天井板は垂れ下がり、いつすっかり崩れ落ちてしまうかわからない壁はところどころ剝げ落ち、中の竹組みが見えていた。ブタ草はそれでも逞しく伸び、生命力に溢れていた。部屋の中にはとってつけたように黴と土埃の臭いが充満しているだけであった。

恐る恐る別の部屋へ入ってみると、表面の剝げたテーブルがひとつだけあった。この洋間とおぼしい砂だらけの床板は、夢で見たことがあるような気もしたが、湿気でべこべこであった。もしここに死体でもあったのなら、おあつらえむきである。屋根にはところどころ穴が開いていたし、雨ざらしになっていたのであろう。往時の、あるいは数日前の風雨が耳底を打ったような気がした。

突如、頭上でばさばさと音がした。見上げると、屋根にあいた穴から、何の鳥であろうか、ムクドリよりひとまわり大きな野鳥が飛翔するのが見えた。

時が残酷であることは私といえども知悉(ちしつ)していたが、それが自分にこれほどもろに降りかかるというのは別の事柄である。私たちの前には手の届きそうにない長い影が伸び、世界の片隅を覆っていた。前置きは必要ない。心を擦過する時間にしがみついたからこそ、私は従弟に会いたいと思ったのである。陳腐なことに、今まで卑俗さにまみれてきた私にとって、これはゆるがせにできない問題であった。

突如、ブラームスの交響曲第四番第一楽章の冒頭が頭のなかで鳴り響いた。私は手で顔の汗を拭った。私は自分を監視するように立ち止まらざるをえなかった。自分を監視しなければならないとすれば、それはそこからこれ以上夢想を引っ張り出せないことが私にわかっていたからである。ここにはかつて人が暮らしていたのだ。おまけにそれは私の幼年時代の友であった。かつての微かな人の気配はこの家をことのほか痛ましいものにしていた。従弟にまつわる何もかもがことごとく跡形もないのに、幽霊が通り過ぎたように、往時の彼の少し首をかしげた佇まいが、長身で少し猫背気味の映像が、過ぎ去った快楽（けらく）のように咄嗟に脳裡に浮かんだのである。あれをやった、これもやった。何て虚しいことだろう。私は途方にくれた。椅子があったので何を思うともなくそれに座った。

そのときである。椅子の下に埃まみれの革鞄（かわかばん）があるのを見つけたのである。この崩れかかった家のなかに、古びた物であるとはいえこんな鞄があるのはどうにもおかしなことであった。場違いの極みでしかないその鞄は、見つけてくれと云わんばかりにそこにあった。他に家財道具はほとんど何も残されていないのであるし、誰かがわざと置いたようにしか思えなかったが、鞄のファスナーを開けてなかを覗いてみた。

そこに日誌の黄ばんだノートが入っていた。頭上の星辰の運行はつつがなく、地球は回り続けていたが、この発見の驚きには酩酊に近いものがあった。私の胸は動悸を打ち、頭のなかでは彗星が回転しながら長い尾を曳（ひ）いて真っ暗な空の向こうへ飛び去った。従弟の日誌であることは間違いなかった。表紙に名前が書いてあったからである。日誌を開いて、最初の数行を読んだ。中に書かれていた几帳面な字にも何となく見覚えがあったし、ひらがなも子供の頃に彼が書いていた特徴を備えているように思えた。

どのくらいの間椅子に座っていたのだろう。混乱していた私にはどうもわけがわからなくなった。我に返ると、「末期の眼」という言葉がぼんやりと脳裡に浮かんでいた。いつの日か従弟が最後に見たのはこの家のどんな最後の姿であったのだろうという考えがやにわに浮かんだのである。目に焼きついたものは、目の持ち主とは無関係にこの世界に残存するであろう。彼の目に焼きついたものはそのままこの家の姿であるが、彼自身ではない。末期の眼が見たものは彼に取り憑いたまま彼自身を置き去りにするであろう。私が椅子に座っていたのはほんの数分であったのか、何日も経っていたのか。いや、そんなはずはない……

学生時代に下宿の畳に寝転がって読んだSFもどきの小説を思い出した。ある廃墟の地下に高級な葡萄酒の貯蔵庫があるので、盗みに入った。一人が外で待っていたが、いつまでたっても洋館の地下へ降りていった友人は出てくる気配がない。諦めて部屋へ戻って彼を待つことにした。彼が帰ってきたのは数日後であったが、葡萄酒を盗むのに要した時間は数分であった。……

極度の疲労を感じて、私は椅子にへたり込んでいたに違いない。人は則天去私などと云うが、従うべき天が千切れ雲のように去り、あまつさえただの亡霊じみた役者にすぎなかった「私」もまた、疾うに空の下から去ってしまった後の祭りであれば、どうすればいいのであろうか。

頁をめくる手を止めれば天は瓦解してしまうであろう。どのような走り書きであれ、手記であれ、書物であれ、「私」などというものは次の頁かその次の頁にしかいないからである。この得体の知れない、見知らぬ「私」は、それでも今日、希望の別名であるはずであった……

長い日誌なので、旅館の部屋に戻ってから読むしかない。こんな寂しい廃屋のなかで日誌を最後まで読むなど、とても私には耐えられそうになかった。当然のことであるかのように、私はこの日誌を隠すようにそのまま持ち帰った。日誌がここにあること自体が禁忌であるように次第に思えていたのである。

旅館までたどり着いたら、少し休みたい。私はそのことしか考えなかった。それから読んでみればいい。ホテルではなく、昔懐かしい旅館がまだ健在であることがわかったので、そこに宿をとっておいた。

車に遠回りしてもらい、車中から少しだけ繁華街を見て、旅館へ戻った。繁華街に寄ったのは、すぐさま旅館に戻ってノートを読むのが怖かったからである。しごく当たり前のことであるが、街はずいぶん様変わりしていた。

帰ってみると、ありがたいことに旅館は往時のままの姿でそこにあった。この旅館に泊まるのははじめてのことで、子供の頃に外から眺めたにすぎなかったが、入ってみると思いのほか小さな旅館である。早々に八畳間の木枠窓から身を乗り出して覗いてみると、きれいに掃き清められた隣の神社の境内が向こうに少しだけ見えた。昔、閑寂としたこの境内の四阿に従弟と一緒に座ったことがあった。大きくはないが気持ちのいい神社なので、明日の朝行って、あの小さな四阿に座ってみようと思う。今はさすがにその気になれない。

　この神社が弓矢にまつわる神社であることは知っていた。儼乎たる弓矢は的にまっすぐ突き立てられていた。矢とともに的を射抜くものがあったのである。この町には海にまつわる神社はいくつかあるのに、酒どころであるにもかかわらず、酒にまつわる神社はなぜか少ないように思うが、弓弦羽にまつわるところもここよりほかに知らない。

　早々に夕食を済ませた。御膳はありきたりのものであったが、この宿の主人らしき愛想のいい老婆が運んでくれた。酒は福島の地酒である泉川があったのでそれにした。あの大惨事以来、外で飲むときは福島の酒にすると決めているのである。

　酒はさほどいけるくちではないので、一合も飲むと酔いが回ってくる。ノートは目の前に置かれてある。酒はこのへんで切り上げ、意を決して（今日一日で何度目だろう……）読んでみるべきであろう。

　続きを一読して、私は突き放されたような気持ちになった。目が覚めて気づいてみると、明後日のだだっ広い空き地にひとり放っておかれたような気分であった。私はあの暗い洞のなかに入り込んでいた。寄る辺ないとはこういうことを云うのであろう。

従弟の現実の不在は、生身であったはずの、私の知る彼自身の映像を私から遠ざけたばかりでなく、逆に彼がこの日誌のなかにことごとくその姿を現し現前することによって、私をして私の友であった少年の見知らぬ影を足で踏みつけているような気分にさせ、彼自身をあれよあれよという間に茫洋とした誰でもない輩へと変えるのであった。この輩は来歴を持たなかった。そしてそればかりでなく、彼の不在、彼がもうどこにもいないという諦念自体が、雲をつかむように次第に抽象的なものへと変化(へんげ)し、今度は記憶の覚束(おぼつか)なさもろとも、この抽象的不在を前にした私自身をさらにつかみどころのない曖昧模糊としたものに即座に変えたのである。

冒頭近くに私のことが触れてあり、「幼友達でもあった従兄ですら二人のことをよく知らない」とあるが、このおじいさんとおじさんの存在は耳にしたことすらなく、私は彼らがいったい誰であるのかまったく見当がつかない。なぜ従弟がこんなことを書いたのかわからないが、従弟には実際に祖父母や伯父（私の父とその兄弟）がいたことはもちろん知っている。しかし私の知る限り、本物のほうは（彼らは本物だったのであろうか）このおじいさんやおじさんとは似ても似つかぬ人たちであった。

従弟の家族について私の知っていることをここに記しておこう。

従弟の父親は広島で旧制高等学校の学生だったとき原爆投下で被曝したが、運よく無傷であった（父親はのちに被曝を認定され、したがって従弟は被曝二世であった）。父親の大勢の学友たちはその場で死んだか、ひどい後遺症が残った。その後、呉出身で、高等女学校を出た後、広島市の今でいう女子大学に通っていた私の叔母、つまり従弟の母と知り合い結婚したのである。結婚後に最初に住んだのはこの港町の浜辺の家であり、そこが従弟の生家であった。浜辺の家、従弟がいつもそう呼んでいたことを覚えている。

従弟には後に歳の離れた健康でしっかり者の妹ができることになるが、浜辺の家の時代に妹はまだ生まれていなかった。彼の母親については先に子供時代の私の印象を述べたとおりであるから、繰り返さない。会社員であった従弟の父親は、私の父から聞いた話であるが、彼の父、つまり従弟の祖父と折り合いが悪く、浜辺の家でも暴力沙汰に及ぶことがあったらしい。父親は他人に対しては人当たりもよく好人物にさえ見えたようだが、じつは精神分裂症気味で、息子にも暴力を振るうようになった。母親はそんな夫を嫌い、冷たくあしらって、我関せずであった。父親と従弟の衝突も頻繁で、この家庭には後々ずっと喧嘩が絶えなかった。

まだ赤ん坊に毛が生えたくらいであった私は、その家に行ったこともあったらしいが、何しろ当時の記憶もないし、以下もまた私の父から大人になって聞いた伝聞である。

浜辺の家は亡命ユダヤ人であった大家の敷地の一角を占めるそれなりに大きな家で、従弟の家族以外に、従弟の父親の両親、つまり彼の祖父母と、それに従弟の伯父夫婦（私の父ではなく、父の弟）、従弟の父方の別の叔母の義理の妹が同居しており、大所帯であった。

大家は白系ロシアのユダヤ系ドイツ人で、ロシア名ボルコフスキー、ドイツ名カッツ、日本名イシイという三つの名前があった。この老人は、家の南側に設えられたサンルームに死ぬまで日がな一日座ったまま海を眺めて余生を過ごしたらしい。

余談になるかもしれないが、いささか興味深いので、私の父からの又聞きをさらにここに記しておく。

すでに述べたように、生まれてすぐの頃、従弟は父方の祖父（つまり私の祖父でもある）と海辺の家に同居していたが、戦時中、アメリカ領事館の職員だった祖父はスパイ容疑で逮捕された。彼は軍人嫌いで通っていた。敵国の領事館に勤めはしたけれど、スパイ行為を働いたことなどなく潔白であったので、一年後に釈放されはしたのであるが、特高警察による拷問でからだじゅうが青痣（あおあざ）だらけであった。

彼は生涯軍にまつわるもの、軍隊的なものを嫌悪していて、その臭いのするものは教育に関することであってもことごとく退けた。瀟洒（しょうしゃ）な老人であったが、晩年はまだ赤ん坊であった従弟を膝に乗っけて長唄をうなるのが日課であった。渡辺綱が切り落とした腕を鬼が取り返しに来る「綱館の段」が祖父の十八番であった。鬼が登場する段になると、いつも膝の赤ん坊は泣き出した。

それればかりか、奇しくも、叔母の祖父、つまり従弟の母の祖父、従弟の母方の曾祖父もまたスパイであったことを戦後も随分たってから知ることとなった。外務省の極秘文書には彼の記録があった。

こちらは本物の海軍の幹部情報局員であり、ベルリンで「あけぼの」というレストランを経営していて、世間的には民間人を装っていた。「あけぼの」はベルリンの中心街にあった。そのレストランには奥の間もあり、海軍士官たちの秘密の会議室のようになっていて、表のレストランのほうは地元のドイツ人だけではなく、日本人新聞記者、音楽家、ヨーロッパ在住の日本人企業家、商売人、その他得体の知れない外国人スパイたちの溜まり場になっていた。一九三二年のロス・オリンピックを視察に行った彼は、ナチスのベルリン・オリンピックにも関わっている。ベルリン・オリンピックの水泳金メダリスト前畑秀子は彼のことを覚えていた。

開戦が差し迫る頃、ドイツのみならずヨーロッパ全土をカヴァーする重要な情報交換その他が「あけぼの」で行われたのである。ヨーロッパにいた彼らは後にアメリカによる原爆投下の情報もつかむことになるが、だからこそ負け戦になること必定である開戦を渋っていた海軍と、何がなんでも戦争をおっぱじめようとしていた陸軍の軋轢(あつれき)があり、その後、最終的には陸軍系の大島大使がベルリンに赴任することになり、従弟の曾祖父の任務も終わりを告げたようである。彼はすでに若くはなかったが、壮健な人であったらしい。

しかし彼が日本に帰ってくることはなかった。日本による開戦勃発直前に彼は死去した。財産はおろか、遺体も遺骨も日本に戻らなかった。私の父の話では、彼が殺害されたという情報は伝えられておらず、生前の彼はとても立派な人物であったらしい。

従弟の家族について私が知っている事柄はこのくらいである。

それはそうと、日誌のおじいさんとおじさんはこれらの人たちのうちの誰にも似ていないだけでなく、従弟は「家族」の日誌などと称しながらも、そこからは家族臭というものをできる限り払拭しようとしているのではないかと私は勘繰らざるをえなかった。それが私のあずかり知らぬ彼の生き方であったとしても、不可解であると云うほかはない。この不可解さは私を私自身に対して峻拒（しゅんきょ）するていのものであった。私にとって、おじいさんとおじさんが誰であっても別に構いはしないことは云うまでもないが、私はこの「家族」に対してどこかしら違和感を覚えたのである。そして違和感は募る一方であった。

だが疑問はそれだけではなかった。ことわっておくが、疑問といってもそれは従弟に対する不信を意味するのではない。これだけは言えるが、かつても今も従弟に対して不信感を抱いたことはない。ただ従弟がもう子供の頃の彼ではなかったことだけは確かであろう。こんなことは誰にでも思い当たる節があるのだし、当たり前の話なのだが、情けないことに、そのことに面食らっている自分がここにいるのがわかってしまうのである。

いずれにせよ様々な懐疑がメドゥーサの髪の蛇のように卒然として頭をもたげるのをおしとどめることはできなかった。私の疑いの視線は、これらの人物たちを石に変えてしまうであろう。そして石化した人物たちは身動きできなくなるであろう。それによって私はなぜか先ほどから感じている自分の所在なさに対するかすかな反発、それにともなう何かを憚(はばか)るような漠然とした罪の意識を免れることができるであろう。だがメドゥーサは私ではない。むしろ従弟のほうなのである。

まず日付である。あの家の朽ち果て具合からして、家は相当以前から誰も住んではおらず、無人のまま打ち捨てられてあったはずである。しかし日誌の一番新しい日付は二〇一九年になっている。これはいったいどういうことであるのか。

あの鞄は最近になって椅子の下にひそかに置かれたのだと考えることもできるが、それにしては革鞄は真新しいものではなく、私が見つけたとき、風雪に耐えた果てに、相当長いあいだそこに放置されていた様子であったし、すでに埃まみれであった。他の細々(こまごま)とした家財道具はもはやほとんど目に入らなかったのに、なぜ鞄だけがあったのであろうか。それが従弟の仕業であったとしても、なぜ彼はそんなことをしたのか。

それとも従弟は死にかけていたのであろうか。死の病を患っていたのか。彼はすでにもう死んでいるのであろうか。あれほど病弱だったことを鑑(かんが)みれば、彼が二十歳まで生きられると私自身思っていなかったかもしれない。彼は夭折するはずであったし、夭折しなければならなかった。

それなら従弟は自分の死後に誰かが廃屋を訪ねてくることを見透かしていたとでもいうのか。私が来るのを待っていたのか。だが私とは何十年もの間音信不通であったし、彼は私のことなどほとんど忘れていたはずである。ここにこうして私がやって来るなど想像だにしなかったであろう。

だが、待てよ、私は彼のことを覚えていて、こうして今日あの家を訪ねたのだから、最期の日々にあって、彼にそのようなかすかな期待があったとしてもそれはそれで無理からぬことかもしれない。かつての彼の気性からすればすでに喪うものは何もなかったはずであるのに、そんなふうに思えないこともないのだが、それにしてもどうしてそんなまどろっこしいやり方をする必要があったのであろうか。それともやはり従弟は死んでいて、他の誰かが鞄を置いたのであろうか、彼が死後の生を生きるために。

あるいは日誌の日付がすべて出鱈目であったとしたらどうだろう。最後の年の二〇一九年が本当であれば、従弟は私と二歳しか歳が違わないのであるから、もう老年にさしかかっていることになる。だが日誌を読んで受ける従弟の印象はどう考えても若すぎるような気がする。彼がそれを捨て切れなかったのかどうかはわからないが、青春の燠火がいまだ無駄に燻り続けているようであるし、私には「僕」が老人であるとはどうしても思えない。そうであれば、この日誌が書かれたのは遥か以前のことではないのか。

咄嗟に憶い出したことがある。仙台ではじめて住んだ家の近くに変わった家があった。その古色蒼然たる洋風屋敷は鬱蒼とした木々に囲まれていたが、毎日、その屋敷の主人の行動予定を書いた紙片が、門に吊るされた木のボードに貼り出されるのである。雨の日も雪の日も途絶えることはなく、誰にでもそれを読むことができた。予定は毎日たてられているのだが、来年か数年後か、たまに五年、十年先の予定もあった。どどこへ出かける、などということがこと細かに書かれていた。主人はかなり高齢らしく、気が狂っているとしか思えなかったが、近隣で主人の姿を見た者はほとんどいなかった。

日誌の文面から察するに、従弟が狂っていたとは思えないが、彼はわざと何年も、いや、何十年も先の日誌を書いたということなのであろうか。彼がもともと有していた素質、少しずつさらに醸成されていったかもしれないあの冷ややかさが、彼なりに意を用いて、それともこれほど手の込んだ（たぶん）最後の冗談を準備したとでもいうのであろうか。

やはり日付は嘘っぱちで、まったくの出鱈目ではないのか。そうであるに違いあるまい。私はあらためてそう納得しかかっていた。悪ふざけは彼の常套手段であったし、それを行うときの彼独特の冷淡さを私はよく覚えている。すでに述べたように、私はすべてを投げ捨てて顧みないかのような、決然とした彼の冷淡な振舞いを少年の頃に感じていたのである。

それは人を突き放すような冷ややかさであった。その冷ややかさは非人間的とまでは行かないものであったが、それでも海の凪のように何を孕（はら）んでいるのかわからず不気味であった。家の抽斗に常時隠してあった煙草をたまに盗んでは隠れて吸っていた少年になりかけのあの頃、二人でいたずらや悪ふざけをやるのに何の躊躇（ためら）いもなかった。露悪的にわざと悪ふざけをやっていたような節もあった。

　彼は実はほとんどの大人たちを軽蔑していて、大人たちの住まう社会への底知れぬ敵意をひそかに抱いているのではないかと思えることが幾度かあった。かようなとき、私は面喰らい、自分ひとりだけが取り残されたように感じたのである。若い彼には自己防衛の本能がまるで欠如していたし、軽蔑の行き着く果てが陰鬱なものであることをまだ知る由もなかった。とはいえ、彼の冷淡さが私たちの仲間である子供たちを傷つけたりすることは決してなかったと是非ともここで云い添えておきたい。

　大人たちとのやり取りの場面で、あんなにひ弱であったというのに、従弟は烏滸（おこ）の沙汰のように突然怒り出したりすることがあり、見ようによっては篤実に思える人もいた大人たちへの容赦のない侮蔑や挑戦的な攻撃性が私にもわかって、子供心に私ははっと我に返り、慄然としたものであった。僕は絶対あいつらみたいにはならない、それがまだ少年になりかけの彼の口癖であったし、彼はそれを壊れた蓄音器のように繰り返した。

　あるいは従弟は自身の手品に自らすすんで騙されようとしたのであろうか。彼の聡明さにはなるほど白痴的なところがあったことは間違いあるまい。白痴といっても、私に悪口のつもりは毛頭ない。聡明さと白痴が同居できるとても面白い例を見ているようであったし、そのことを私はよく知っていたのであるから、ありえないことではないと今更なら云うことができる。

彼が白痴の真似をしていたということだけが云いたいのではない。小学校に上がった頃、日本語ができない振りをしたり、どこかへ口を置き忘れてきたカナリアのように黙り込んだりして、そのようなこともやるにはやったが、そうではなく彼の聡明さにはどこかしら白痴めいた空白、ぽかんと開いた何かの隙間、云ってみれば埋めることのできないひとつの空隙のようなものがあったということである。私にとってそれはずっと謎のままであった。白痴めいていて同時に聡明でもあった彼の振舞いは、誰もが知ることのないその未知の空白のうちにあって、世人からするなら確かに突飛ともいえるその行動形態をつくりだしているように思えることが度々あった。子供のやることであったし、たいしたことではなかったが、ほとんどその動機は余人には理解しがたいものであった。

しかし動機があるのであれば、この日誌の場合、目的はいったい何であったというのか。日誌をざっと読んでみても、そんなことまでして、従弟が誰かに何かを訴えようとしたり、何かをそれとなく伝えようとしていたのだとは到底思えない。突発的な怒りは隠しようもなかったが、普段彼が深刻そうな素振りを人に見せることは絶対になかった。従弟はどちらかといえばものぐさであったし、そんなことのためにこれほど手の込んだ日誌をわざわざ書くとは私にはどうしても思えないのである。それなら彼はこのような面倒をあえて企むことによって、いったい何を消尽しようとしたのであろうか。

それればかりでなく、なぜ彼はおじいさんの日記とおじさんの手記を引用してまで家族の日誌であるなどと称する気になったのであろう。あれらの引用にどのような隠微な意味があるのであろうか。引用というのは剽窃(ひょうせつ)であり、その愉しみでもあるのだから、それで従弟は何かをうっちゃり、何かを隠し、そのくせあえてそれを同時にさらけ出すことによって何かに興じていたのであろうか。

従弟は自分の人生を含めて人生というこの厄介な尊大さを足蹴(あしげ)にしたかったのであろうか。自分がそこにいたのだという矜(ほこ)りを自らの手でご破算にしようとしたのか。彼は何にたじろいだのであろう。いや、何にたじろぎがなかったのであろう。そうだとすれば、彼の気持ちもわからないではない。人は一生をうつけたように生きることはできても、私の人生も含めて、その場限りの人生などというものはほんとうに人の一生の滔々とした流れと何か関係があるのか。人生などただの言葉にすぎないのではあるまいか。そんな常ならぬ考えさえもがふつふつと湧いてくる。

なぜ日誌であるのか。そもそも一般的に云って日誌という記録にどんな意味があるのであろうか。そのような思いまでもが私を苛(さいな)んだ。私自身のことを鑑みても、日々何かを細々と生きたなどということはすでに虚構の範疇にあるのではないか。我々が虚構の住人であるとしても、そうでしかないとしても、そのこと自体は世界を廃棄することとはまた違うのである。それが虚構であっても、我々はまた別の虚構を生きることができるからである。

　そうであれば、日誌のおじいさんもおじさんも始めからいなかったと考えることもできるではないか。従弟を含めて始めからどこにも誰もいなかったということが考え方のひとつである可能性は、あに図らんや、私をなぜか安堵させた。しかもこの考えは何かしら愉快なものを含んでいるのがわかる。従弟ならやりそうなことである。従弟はあの家に住んですらおらず、あそこはずっと以前から朽ちるにまかせた廃屋であり……

　何もかもが、仙台で見たのと同じ薄い三日月がいま向こうの屋根の上に懸(か)かっているように不可解であり幻妖である。だが仙台の屋根の上に懸かる三日月はここのとは違うはずである。私には確信があった。この三日月は不調法な落書きのように薄く細く、明日になれば消えてしまうに決まっている。

　種々(くさぐさ)に思い巡らせてみたが、結局、結論に至りそうになかった。もう手がかりなど見つかりはしないことを私は見取っていた。私は途中で日誌を読むのをやめた。

　この小さな旅館はまだこんな時間であるにもかかわらず、静まり返っている。世界は眠っていて、この私だけが起きている。地獄の阿鼻叫喚など私にとってずっと遠い御伽話であったし、そう思い込んでいた。今、私はひりつくような孤独のなかにいて、つまるところ、そうとは知らず殊勝にも私自身を見つめ直していたのであろうか。

　私は末期癌を患っている。会社には内緒にしているが、激痛を覚えることもある。医者に処方してもらって、オキシコドンという強力なオピオイド系鎮痛剤を常備している。これはとてもいい薬で、阿片から抽出された合成麻薬であるらしい。こんなことを会社の連中には云えないし、顰蹙ものではあるが、いま私は、ワレ麻薬を嗜むほどにワレは在り、という為体なのである。それでも私は会社のなかでそれなりの地位についていることを会社員として自覚しているつもりである。

　はたして空手なのであるから、仙台に帰ったら、満を持してもう一度日誌を最後まで読んでみるつもりではいるが、私にそれができるであろうか。

　次の日の朝、日誌をボストンバッグの底に大切にしまってから、ふと妙な気分に襲われた。日誌がボストンバッグから消えてしまえば、そもそも日誌などなかったことになるのではないか。そんな気がしたのである。烈日は今日も容赦なかった。

　昨日思いついたとおり神社へ行ってみた。四阿に座ってそこから境内を見回してみたが、何のことはない、周囲の景色はどこか蕪雑として、思ったよりずっと狭い境内であったし、私は自分自身に対して落胆を隠せなかった。かつて従弟と一緒にここへ来たとき、子供である私たちをそれなりに硬直させたあの透明な清潔感、神韻縹渺たる古代の芸術作品のような森厳さは、あたりの大気から雲散霧消していた。今もある楓の大木は緑色の光を眩暈のなかで見た光景のように照り返していたし、神社の裏手の舗装されていない小道は昔のままの風情を保っていたが、すぐそばにある初代朝日新聞社社主の旧邸は、石塀だけを残して現代建築の私設美術館に姿を変えていた。

　朝方は空が高く、秋の到来を思わせる鰯雲が刷くように見えていたが、今はすっかり晴れ渡った夏空である。神社を後にして、タクシーを使わず、昼飯でも食おうと駅のほうへ歩いてみることにした。病気のせいで腰のあたりがひどく痛むし、足取りも覚束ないので、今日を生きた私が明日をよろぼうように歩くのである。私は自分で自分を笑った。

　駅の近辺もまたすっかり様変わりしていて、郊外のそれなりに古い町にある駅前のかつての風情はきれいさっぱり消えていた。古い日本家屋のままであった郵便局もなくなっていた。起伏の多い地形自体が変わってしまったようであった。硬い樹皮のはげかかった大木も、レンガ塀からのぞくスイカズラも、何某が住んでいるのか知れない陰鬱な館もなかった。石段を登ると緑の水を湛えた深い池があったことを憶えていたが、池はあったものの、それは生彩を欠いた遊園地であった。蕎麦屋があったので入ってみたけれど、このへんでは珍しい十割蕎麦はなかなか乙であったとはいえ、モダンな内装と店員の態度が最低であった。
だがこんなことはどれも、さしたる取り柄もない平凡な人間である私にとって、常住坐臥(じょうじゅうざが)のことわりであり、尋常の無駄話である。つかの間の戯れのように降って湧いてくるかく云う落胆は、ただ周りの世界をもはや無関心に眺めることしかできない私にとって、余計に私を周囲から孤立させ、浮き立たせるばかりで、時に心がおさまることがない。

そうは云っても、どうも座り心地が悪い。私はどのような事であれ自分に関わることであるなら、座り心地の悪い自分を我慢できない性分で、座りどころを探すことにかけてはせっかちで、貪欲で、それでいて吝嗇(りんしょく)であった。

私は天を仰ぐ。やけに瞑想的な空が広がっている。何を慮(おもんぱか)ることがあろう。まだ陽も高かったので、仙台までの飛行機もあるし、よし、家がだめであったのであれば、昔従弟と一緒に遊んだあの森へ行ってみるかという気になったのである。何かがずっと私のなかで東北の山肌に垂れ込める鈍色(にびいろ)の密雲のようにわだかまっていたことは今更云うまでもない。

急いでタクシーを拾った。しばらく走って、山麓を通り過ぎ、中腹にさしかかるあたりへ到着した。見覚えのあるはずの道はかつてと違ってきれいに舗装されていたが、このあたりだったはずである。

私は再び茫然となった。私は引退した道化であった。タクシーは着くには着いたのであるが、しかしどこをどう見回そうと森などなく、この付近であるとおぼしい場所は高台の造成地らしき土地で、新建築の家が並んでいるばかりであった。崖の南側には松の木一本なく、崖からは、密集した町並みの遥か向こうに、ガラスの破片をまぶしたようにきらきら照り返す沖が望めた。右手に島が迫っているので、そうではないはずなのに、手前の海は湾のように見える。どのような想像力にも根拠などない。私はもう一度記憶をしかと辿り直した。ここで間違いはない。だが森は、私たちが行ったあの森は、どこにもない……

　私の頭のなかに常ならず平滑な空間が広がった。空間は徹底的に空っぽであった。そもそも本当に森などあったのだろうかという疑念がやにわに私のなかに生じるのをとどめることはできなかった。私はやけを起こしかけていた。名のないものが、けっしてその名に値しないものが、現れては消えた。

　子供の頃、抽斗に大切にしまっておいた蟬の抜け殻が記憶の片隅にあった。それを思い出した。従弟とともに息を殺して潜んでいたあの寂寞とした森のざわめきは、もう少しで忘却から抜け出し、私の記憶に現れる不確かな風景の辺縁をかすめ、森のなかでいつも私たちが聞き耳を立てていた晩夏の蟬が啼き始めるごとく、ざわざわとかすかな微風にざわめき揺曳（ようえい）する音をともない始めるはずであった。この感情はひとつの欠損であり、なるほど背理である。だがどこにいようと、空蟬がそこで啼き始めることは金輪際なかった。ときおり昨日の出来事のごとく、森のなかにどこからともなく蝶が現れ、韃靼（だったん）海峡を渡る蝶のように、私たちの頭上をストロボを焚いたみたいに一瞬で飛び越し、間髪をいれず、森のはずれのほうへすでにひらひら舞い消えてしまうのが見えたことがあったが、そのような森のなかに私たちがいたとき、私たちがそこで見ていたのは、はたして本当にあの森だったのであろうか。私の記憶は奈辺にあるのか。しかしこの懐疑は私自身をすっかり抹消してしまう。

風のきつい高台の西の端まで来ると、真下に切れ込んだ谷川が見える。川の溜まりは鴨の親子を微笑ましく浮かべ、水面はきらきらと陽光を照り返し、ただ静かに流れていた。せせらぎの音はここまで聞こえなかった。

森だけがなかったわけではない。森とともに消えたものがあった。ある日、森のなかで鳥を捕るための罠に運悪くかかってしまい、首を針金で吊ったままの野良犬の死骸（むくろ）を見つけたことがあった。犬は半分腐乱していて、口は開いたまま、胸のあたりから骨が覗き、大量に抜け落ちた毛が付近に散乱していた。足のほうからミイラ化も始まっていた。私が飼っていた犬も一緒に連れて行ったのであるが、彼はいつもとは違う様子で悲しげな吠え声を上げ続けていた。私の犬はいつまでたっても鳴き止まなかった。私と従弟は死んだ犬を針金から外して横たえ、落葉の布団をかけてやった。

よく晴れた空の下に今私はいる。突として私の頭上に高かった空が迫り、私は空の底の生暖かい空気に包まれ、ここにいるしかない。空がここまで沈んできたのである。私は太陽を見上げたが、どこから陽の光が射してくるのか見当がつかなくなった。私はオキシコドンをさらに一錠呑み込んだ。

タクシーを待たせておいたので、森を諦めて早々に引き上げることにした。一瞬前のこの世界は反故(ほご)にされた。何も起こりそうにない昼下がりがあるだけであった。尽(すが)れる草木のような仙台での生活を私は思い浮かべた。

この広い空には目に飛び込んでくる鋭い稜角(りょうかく)は見当たらない。目の前の山並みがどのようにうねっていようと、脳のなかで紫色に光る稜線にそれらしい起伏はなく、向こうに見えていたあの無音の尾根はどれもが直線になり、平行線になり、平らな地平がだらだらと続くだけである。私はそれをかすかな敵の動きのように察知した。私の予感は的中した。ここでは峻厳なことは何も起きていなかった。そして実のところ、苦しげなまでに滑稽なことも、苦し紛れに、滑稽なまでに確実なことも。

だが、待ってほしい……。ある考えが頭をもたげ、私はそれを心のなかで反芻(はんすう)し、それを今度は我あらず不承不承よしとした。この章々たる考えを人のせいにすることなどできない。

私は今まで会いたいと思い続けていた友を探さなかった。子供だったのであるから、刎頸(ふんけい)の友とは云えないにしても、肝胆相照らす仲であったと胸を張れる間柄だったのであるし、竹馬の友は、彼が住んだその家は、その存在がなければそれはそれで辻褄が合わなくなってしまう私の記憶自体にとって欠かせないものであった。

簡単な話である。私はほんの少し回り道をすることにしたのである。この機に及んで自若としていられるのは、己れに対して後から無用な憐憫を誘うだけのただの痩せ我慢でしかない。森がいかに平滑な地平へ向かって遠のき、遠近法の消点の向こうへ霞むように消えてしまおうとも、あの家はあの家でたしかに実在したのである。そう、たとえ凋落そのものの風骨であっても、それは実在なのだ。少年の頃の私たちのやり取りは真率であった。それと同じくらい、いや、それ以上に、この実在には確かなものがあった。まだ時間があるし、ここから遠くはないし、最後にもう一度ひと目だけあの廃屋を見ておきたかった。

まだ陽は高い。今、空には雲ひとつない。もしひとひらの雲が浮かんでいたとすれば、それは不可知の記憶の片鱗に似ていたはずである。しかしあと数時間後に薄暮が迫れば、空が哀願するように夏はきっと行ってしまうであろう。家へはタクシーで四、五分くらいである。

車が廃屋へ近づくと、家の前にひとりの女性が佇んでいるのが見えた。女は崩れかかった屋根のほうを見上げている。家の西隣は山へと続く藪になっているし、反対の東側には古い石塀の残骸があるばかりで、道の南側は崖で敷地はなく、この小道にほかに家はない。

……何を訝るでもなくただひとごとのように私はそれを見た。昨日でさえこの夏の終わりの暑気のなかには、何の符牒もなければ、何の合図もなかったのであるし、それ自体は何の変哲もない、それなりに静かな周囲の晩夏の風景が今も目の端に瞥見されるだけである。

どこかうわの空のままであった。最後に目に焼きつけておかねばならぬと思っていたのに、ろくに廃屋を見ることもなく、別のことを考えているつもりのようでいて、思い巡らすものは何もなかった。私は何も考えていなかった。

またしても蟬しぐれが空耳のように聞こえた……

……そう、私は古い映画のスクリーンのなかに入り込んでいたのであった。

他愛ない無声映画であった。活弁士はいるのであろうか。どこにいようと、夏にはいつもやかましく蟬が啼いていたことを私の耳は知っているが、サイレント映画なのだから、今あたりは無音に包まれるばかりで、耳の奥底は幽寂をきわめ、蟬の声などするはずがない。そんなふうに私は私の外側で起きている事柄をあえてことごとく打ち消した。

積乱雲の遥か下にいて、子供の頃に森のなかに入ることができたのであれば、どんな映画にも造作なく忍び込むことができるであろう。銀幕のなかにこそ泥のように紛れ込んだ者は、ただしそれが映画の内部であることに気づいていない振りをしなければならないだけである。

たった一日だけの映画。一日は、逆向きに思いを馳せると、一日以上の意味をもつことがある。いや、そうではない。朝に生まれた蜉蝣（かげろう）が夕暮れに死ぬように、一日はこんなにも短いし、それどころか一日などというものはないのだ。

陽が昇り、そして陽が沈み、そして映画は終わらない。従弟がすでに死んでいようといまいと、映画に映し出され、そこに暴露される私の目論見（もくろみ）はとうに果たされているはずである。それも完全にである。もう後がない。こんな私の映画は、映画館で上映するなら悪意あふれる実験映画であろうが、もしそうでなければ、私の眼だけが観ることのできるただの色褪せたフィルムでしかない。そうは云っても悪意がなければ映画などつくることはできないはずなのだ。

だが、今更ながら、この映画のなかでは、銀幕の上で端役の役者がたちまち目の前を通り過ぎ、スクリーンの端からすっかり姿を消してしまったように、荏苒（じんぜん）としてただ一日が過ぎるばかりである。私の悪意とは無関係に、とでも云うかのように。今日という日が、ある意味では、冴え冴えとしてそうであったように。

道が狭いので、タクシーは女性のそばを速度を落としてゆっくり通りかかった。彼女の長めのプリーツ・スカートが触れるくらいの距離である。女性もまたこの無声映画のなかにいることは間違いあるまいが、あえて運転手に止まってくれと云う気はわずかなりとも起きなかった。

私は疲労の極に達していた。ポケットのなかにまだオキシコドンの錠剤が残っているのはわかっていた。

スカートは微風になびき、日の光にうっすら透けている。コナラの大木の梢越しに、女性の背中にきつい陽光が斜めに当たっているのが見える。歳のころは三十代後半くらいであろうか。後ろ姿は健康そうであったが、日傘をさしているので、上背のある彼女のかんばせをはっきり拝むことはできない。丸顔の横顔からどこかしらうぶに見える眉と黒目とピンク色の唇がほんのわずかだけ見えたような気がした。従弟には妹がいたが、私は赤ん坊の彼女にしか会ったことがないし、顔を覚えていない。ふとそんな考えが脳裡をかすめはしたが、どう考えても年齢が合わない。

ちらっとだけもう一度彼女を見る。私ははっとした。今見たばかりであったのに、もっと痩せた別の女に見えたのである。「異邦の女」という言葉が思わず口を衝いて出そうになる。

車はぎりぎり彼女の脇を通り過ぎると、そのまま下りの坂道へ向かってゆっくり走り去った。道端の石垣にヤマゴボウが小さな実をつけ、木芙蓉が紫がかったピンクの花を咲かせている。

私は座席に深く沈み込む。申し合わせたように、にわかに日暮らしの甲高い声が遠ざかるように聞こえてきた。

それは夏の終わりを告げてはいたが、どのみち空蟬の啼く声ではなかった。

《引用文献一覧》

西川徹郎『西川徹郎全句集』（沖積舎）
永井荷風『荷風全集　第十九巻』（岩波書店）
Franz Kafka, *Journal*, Grasset より訳出
吉田一穂『海の聖母』（金星堂）
西行『西行全歌集』（岩波文庫）
芥川龍之介『芥川龍之介全集　第十三巻』（岩波書店）
La Bible, traduite et présentée par André Chouraqui, Desclée de Brouwer より訳出
大道寺将司『最終獄中通信』（河出書房新社）
宮沢賢治『宮沢賢治全集1』（ちくま文庫）
正津勉『乞食路通』（作品社）
サミュエル・ベケット、宇野邦一訳『名づけられないもの』（河出書房新社）
Roland Barthes, *La Chambre claire*, Cahiers du cinéma, Gallimard, Seuil より訳出
鈴木照二「十日間の日々・原爆から終戦まで」（『廣高と原爆　被爆55年・回想と追悼』所収、廣島高等学校同窓有志の会）
アルチュール・ランボー、鈴木創士訳『ランボー全詩集』（河出文庫）
世阿弥『世阿弥芸術論集』（新潮社）
松尾芭蕉『芭蕉俳句集』（岩波文庫）
季村敏夫編『カツベン　詩村映二詩文』（みずのわ出版）

《装画／挿画》

Samuel Jessurun de Mesquita

【著者略歴】

鈴木創士（すずき・そうし）

1954年生まれ。フランス文学者、作家、ミュージシャン。小説の著作に、『離人小説集』（幻戯書房）がある。他の著書に、『分身入門』（作品社）、『ザ・中島らも　らもとの三十五光年』（河出文庫）などがある。訳書に、ボリス・ヴィアン『お前らの墓につばを吐いてやる』、アントナン・アルトー『演劇とその分身』、『ヘリオガバルスあるいは戴冠せるアナーキスト』、アルチュール・ランボー『ランボー全詩集』、ジャン・ジュネ『花のノートルダム』（以上河出文庫）などがある。

うつせみ

2020年11月25日初版第1刷印刷
2020年11月30日初版第1刷発行

著　者　鈴木創士

発行者　和田肇
発行所　株式会社作品社
〒102-0072 東京都千代田区飯田橋2-7-4
TEL.03-3262-9753　FAX.03-3262-9757
http://www.sakuhinsha.com
振替口座00160-3-27183

本文組版　前田奈々
装　幀　水崎真奈美（BOTANICA）
編集担当　青木誠也
印刷・製本　シナノ印刷株式会社

ISBN978-4-86182-833-1 C0093

【作品社の本】

分身入門

鈴木創士

記憶のなかの自分、存在のイマージュ、時間と反時間、
表層の破れとしての身体、光と闇、思考の無能性、
書かれたもののクォーク、そして生と死……。
「分身」をキー・ワードに、
文学・美術・舞踏・映画・音楽etc...を縦横に論じる、
未曾有の評論集！

アントナン・アルトー　フェルナンド・ペソア　フリードリヒ・ニーチェ　夢野久作　アルベルト・ジャコメッティ　ジャン・ジュネ　土方巽　サミュエル・ベケット　マルグリット・デュラス　マルキ・ド・サド　坂口安吾　ルイス・ブニュエル　ギー・ドゥボール　ロラン・バルト　ジョン・ケージ　デヴィッド・ボウイ　金子國義　ドアーズ　ヴェルヴェット・アンダーグラウンド　寺山修司　村八分　etc...

ISBN978-4-86182-591-0